みかくりの
ほとけだちを

ゆき
もみち
ゆきかくす
めぐりの
こうまん

一路

文学の花びらを拾う旅

上質の京都案内

大島一郎

浪速社

ようこそ京都へ
——文学好きのあなたへ——

新幹線が、滑《すべ》るようにして入ってくる。——京都駅。
羅生門をイメージした（はずだった）建物。
——京都へ来たんだなあ、と思う。

「外には、ただ、黒洞々たる夜があるばかりである。
下人の行方は誰も知らない」
（124ページ「羅城門址」参照）

四条大橋の上に立って北を眺める。——幻の竹村橋。
夜目《よめ》に遠白《とおじろ》く舞妓《まいこ》のかげ。

「ちょっとお待ちやすや。……案内者の私《あて》が後《あと》になって、どもならんな。あんた、一人でそやって行かはったら、迷子《まいご》になるえ。」（106ページ「竹村屋橋」参照）

はんなりした、極上の京ことば。

本書は、京都の名所約一二〇箇所に関する美しい詩歌や文章を集めたもの、――いわゆる「アンソロジー」です。(「アンソ」は「花」、「ロジー」は「集めたもの」の意味。)その「アンソロジー」も、類書には見ない、新しく、ユニークなのを選び、その美しさを味読することに努めました。

かくて、読者は新しい「アンソロジー」によって、新しい名所を知り、また、既知の名所でも、ユニークな「アンソロジー」によって、新しく見直すことにもなるというわけです。

つまり、文学というフィルターを通して新しい京都に出会う――敢えて「上質の」と題したゆえんです。

今こそ語られる京の白昼夢――。

では、ご案内を。

◎本文の構成・表題につき略説の後、関連の詩文について、語釈・感想・批評を加えた。(一部、省略した場合がある。また、◇で参考書名の紹介だけに止めた場合がある)
◎余白を利用して、文学を離れた京都、京都を離れた人生、についての短章を、コラム風に構成した。
◎巻末に、「わが心の京都」二編と、限りなく京都に近い「蒲生野の夏」を載せた。後者は、(文章)表現、内容とも充実度が高く、当分、これの上越すものを創ることは難しいと思ったり、著者自薦の一編である。

目次

京

――誰か言つし春の色

かにかくに祭

見渡せば柳桜をこきまぜて都ぞ*春の錦なり*ける
素性法師
(『古今和歌集』)

春の錦・紅葉を「秋の錦」と言うのに対する。
ける・「……だったんだなあ」という新しい発見のおどろき。
平明な表現のなかに、よく華麗な世界を描き出している。

*誰か言つし春の色、*げに長閑《のどか》なる東山。四条五条の橋の上、四条五条の橋の上、老若男女貴賤都鄙、色めく花衣、袖を連ねて行く末の、雲かと見えて八重一重、咲く九重の花盛り。*名に負ふ春の景色かな、名に負ふ春の景色かな。
(謡曲『熊野《ゆや》』)

誰か言つし・(春は東より来る)と言ったのは誰であったか(「言つし」は「言ひし」)。
げに・その言葉どおり。
名に負ふ・(九重の)名にふさわしい。

◆五条橋(今の松原橋)から清水寺への「道行」の場面。
鴨川堤から東山を望めば、色とりどりの花見の衣裳を着飾った人々の群れの彼方に、雲に見紛《まが》う、幾重にも重なった桜——
——春風駘蕩《たいとう》たる(のどかな)京の春を描いて間然するところがない。(とやかく口を挟む余地がない)

『熊野』は『松風（秋）』と並び称される春の曲。

京によきもの三つ、女子、賀茂川の水、寺社。あしきもの三つ、人気の吝嗇、料理、舟便。*たしなきもの五つ、魚類、物もらひ、よきせんじ茶、よきたばこ、実ある妓女。

滝沢馬琴（『羇旅漫録』）

たしなきもの・足りないもの。乏しいもの。

古い京をいやが上に寂《さ》びよと降る糠雨《ぬかあめ》が、赤い腹を空に見せて衝《つ》いと行く乙鳥《つばくろ》の背に応える程濃くなったとき、*下京《しもぎょう》も上京《かみぎょう》もしめやかに濡れて、*三十六峰の翠《みど》りの底に、音は友禅の紅を溶いて、菜の花に注ぐ流れのみである。「お前川上、わしゃ川下で……」と芹《せり》を洗う門口に、眉をかくす手拭の重きを脱げば*「大文字」が見える。*「松虫」も「鈴虫」も幾代の春を苔蒸して、鶯の鳴くべき藪に、墓ばかりは残っている。鬼の出る*羅生門に、鬼が来ずなってから、門もいつの代にか取り毀《こぼ》たれた。*綱《つな》が捥《も》ぎとった腕の行末《ゆくえ》は誰にも分からぬ。只《ただ》昔ながらの春雨が降る。*寺町では寺に降り、三条では橋に降り、祇園では桜に降り、金閣寺では松に降る。宿の二階では甲野さんと宗近君に降っている。……

夏目漱石（『虞美人草』）

下京・126ページ参照。
三十六峰・東山の異称（38ページ参照）。
「大文字」・大文字山（46ページ参照）。
「松虫」も「鈴虫」も・安楽寺（51ページ参照）。
羅生門・124ページ参照。
綱・渡辺綱。源頼光の四天王の一人。本文の故事は、長唄「綱館」、舞踏劇「茨木《いばらき》」などに見える。
寺町・北は鞍馬口通りから南は五条大橋西詰まで、河原町通りに並行して西側を通じる。道路名は、豊臣秀吉が都市計画を行った際、市内の寺院をこの通りに移したのに由来する。沿道に廬山寺（81ページ参照）、梨木神社、本能寺（93ページ参照）などがある。
◆始めの三行、赤、黒（乙鳥《つばくろ》）（「玄（黒）鳥」の方がよいか）、翠、紅、黄（菜の花）の色彩の対比がある。

洛北

―われは廓の菜たねさへ

北山杉を磨く家

❖大《おお》原《はら》

「大原女」、「大原御幸」など浪漫的な土地柄に惹かれて多くの人が訪れる。「小野」は、浮舟（『源氏物語』）、落葉宮（同）の故地。大原村入口左手の田中に、惟喬《これたか》親王の墓がある。（19ページ参照）

大原や蝶の出て舞ふ朧月

内藤丈草（『炭俵』）

春はものの句になりやすき京の町を、七条から一条まで横に貫いて、けぶる柳の間から、温《ぬく》き水打つ白き布を、＊高野川の磧《かわら》に数え尽くして、長長と北にうねる道を、大方は二里あまりも来たら、山はおのずから左右に逼《せま》って、脚下に奔《はし》る＊潺湲《せんかん》の響きも、折れるほどに曲がるほどに、あるは、こなた、あるは、かなたと鳴る。山に入りて春は更《ふ》けたるを、山を極めたらば春はまだ残る雪に寒かろうと、見上げる峰のすそを縫うて、暗き陰に走るひとすじの道に、爪上《つま》がりなる向こうから大原女《おはらめ》が来る。牛が来る。京の春は牛の尿《いばり》の尽きざるほどに、長くかつ静かである。

夏目漱石（『虞美人草』）

高野川・比良山中に発し、鞍馬川などの支川を合し、京都御苑の北東方で鴨川に注ぐ。
潺湲・水の流れるさま。またその音。

❖三千院《さんぜんいん》

極楽浄土をさながらに具現している。寺号は、天台の「一念三千」に由来する。

金色の本尊に奉れる桜の花春しんとして輝く御堂　　木下利玄

コラム　**天地に**

天地《あめつち》に二人寄り添ひ*ひた聞きし*桜峠《ひのきとうげ》の夢の風音《かざおと》

大島一郎

（『わがちちにあはざらめやも』）

ひた聞きし・ひたすら聞いた。

桧峠・修学院離宮西北。宝幢寺がある。三宅八幡の方へ降りる。なお、同名の峠は全国各地にある。

付近に建礼門院大原西陵、女院に近侍した右京大夫の局（『建礼門院右京大夫集』）らの墓がある。

❖寂光院《じゃっこういん》

西の山の麓に*一宇の御堂あり。即ち寂光院これなり。旧《ふる》う造りなせる泉水・木立由ある様の所なり。「*甍破《いらか》れては霧不断の香を焼《た》き、*扉落《とぼそ》ちては月常住の燈を挑《かか》ぐ」とも、かやうの所をや申すべき。……（中略）……杉の葺目《ふきめ》もまばらにて、時雨も霜も置く露も、洩る月影に争ひて、たまるべしとも見えざりけり。後は山、前は野辺、いささ小笹に風騒ぎ、*世に立たぬ身の習ひとて、*憂き節滋き竹柱、都の方の言伝《ことずて》は、*間遠《まどお》に結《ゆ》へる*ませ垣や、僅《わず》かに言問《ことと》ふものとては、嶺に木伝《こ》ふ猿《ましら》の声、*賎《しず》が*爪木《つまぎ》の斧の音、これらが音信《おとずれ》ならでは、*まさきのかづら青つづら、来る人まれなる所なり。

（『平家物語』「大原御幸《ごこう》」）

◆文治二年（一一八六）四月、後白河法皇が建礼門院を寂光院に訪ねられたときの記事である。

一宇・一棟。

甍破れては・屋根瓦が壊《こわ》れて霧が入って来て、堂内は絶えず香《こう》をたいているよう。

扉落ちては・雨戸が外《はず》れてしまって、そのため月がさし込んできて、堂内は不断に灯明をあげているよう。

世に立たぬ身の習ひとて・世を避けて住む身の常として。

憂き節滋き竹柱・竹柱の節のように、つらいことが多い。

間遠に結へるませ垣や・（都からの便りは）間遠に結んだませ垣のように、間遠にしか来ない。「ませ垣」は、竹や木などを丈低く、粗目《あらめ》に編んだ（「間遠に結《ゆ》へる」）垣。

賎・樵夫《きこり》。

爪木・薪。

まさきのかづら青つづら・「繰《く》る」と音を通わし、次の「来《く》る」の序詞。

ほととぎす＊治承寿永の御国母《も》三十にして経＊よます寺　与謝野晶子『みだれ髪』

治承寿永の御国母・建礼門院（平清盛の女《むすめ》。高倉天皇の中宮。安徳天皇の母）。「治承」は高倉天皇の代。「寿永」は安徳天皇の代。文治元年（一一八五）五月、御出家、大原に隠棲された。御年二十九。「長楽寺」（63ページ参照）。

よます・読ます。お読みになる（「す」は尊敬）。

春ゆふべそぼふる雨の大原や花に狐の睡《ぬ》る寂光院　同『小扇』

❖小《お》野《の》

八瀬より大原に至る、高野川沿い平地。

む月にをがみたてまつらむとて小野にまうでたるに、比叡の山の麓なれば、雪いと高し。しひて御室にまうでてをがみたてまつるに、つれづれといと物かなしくておはしましければ、やや久しくさぶらひて、いにしへのことなど思ひ出で聞えけり。

……(中略)……

忘れては夢かとぞ思ふ思ひきや
　雪踏み分けて君を見むとは

とてなむ泣く泣く来にける。

(『伊勢物語』第八三段)

◆貞観十五年(八七三)、在原業平は、失意隠棲の惟喬《これたか》親王(文徳天皇第一皇子)を小野に訪ねた。

惟喬《これたか》親王墓（五輪石塔）は、大原村入口を、右手比叡山寄りに少し上がった所（小野山麓）に在る。親王の御霊とも言われる「小野霞」が、八瀬・大原一帯にかけてただよい動くとの伝承がある。

コラム

犬矢来《いぬやらい》

「やらい」は「遣らひ」。（遣る→）「遣らふ」の名詞形。「追い払う」の意。（「矢来」は宛《あ》て字。）

建物のすそを、泥はねなどから保護する用のものである。本来は、そういう実用的な目的のものであったのが、まわりの京の街にしっとりと溶け込んで艶美な風情《ふぜい》を添えるのに役立つに及んで、今や、べんがら格子、虫籠《むしこ》窓とともに、京風建築の主な特徴に数えられるようになっている。

節分の「鬼やらい」の「やらい」も同じ意味である。「追儺《ついな》」ともいう。吉田神社ほか、多くの寺々で行なわれる。

先斗町で

❖崇道神社《すどうじんじゃ》

八瀬、三宅八幡の間、高野川の北にある。悲運の早良《さわら》親王（崇道天皇と追号）を祀る。御霊信仰の高まった貞観年間（八五九～七七）の創建。「長岡」（172ページ参照）。

❖岩倉《いわくら》

平安京鎮護のため、四方の山に設けられた磐座《いわくら》の一。北岩倉。今、山住神社にその遺構を見ることができる。

コラム

冷静な眼でなければ

冷静な眼でなければ、その人が明確に見えないということはない。あばたもえくぼの思慕をきわめて男女の心根がわかるように、人の実像は、愛惜の眼底にしかうつるまい。

水上　勉（『宇野浩二伝拾遺』）

❖大雲寺《だいうんじ》

「北山のなにがし寺」（『源氏物語』「若紫」）とする説がある。

萬木眠れる山となって桜の梢も雪の夕暮とはなりぬ。是《これ》は明ぼの、春待っ時節もあるぞかし。人斗《ばかり》年をかさねて何の楽しみなかりき。殊更《ことさら》我身のうへ、さりとてはむかしを思ふに恥かし。せめては後の世の願ひこそ真言《まこと》なれと、又《また》もや都にかへり、爰《ここ》ぞ目前の浄土大雲寺に参詣《もうで》、殊勝さも今、*仏名《ぶつみょう》の折ふし、我もとなへて本堂を下向して、見わたしに五百羅漢の堂ありしに、是《これ》を立ち覗けば、諸《もろもろ》の仏達いづれの細工のけづりなせる、さまざまに其形の替りける。是程多き中なれば、必おもひ当る人の皃《かお》ある物ぞと語り伝へし。さもあるべきと気をつけて見しに、すぎにしころ我女ざかりに枕ならべし男に、まざ〳〵と生き写しなる面影あり。

井原西鶴（『好色一代女』巻六「皆思謂《おもわく》の五百羅漢」）

仏名・仏名会《え》。陰暦十二月十九日より三日間、仏名経を誦し、三世諸仏の名号を唱えて懺悔する法会。

❖補陀洛寺《ふだらくじ》（俗に「小町寺」）

鞍馬線「市原」下車、南一・五キロ。鞍馬街道東側。小町老衰像（実は脱衣婆像）、小野小町墓（五重石層塔）、深草少将墓（石造小五輪塔）などがある。

秋風のふくにつけても＊あなめあなめ＊小野とは言はじ薄生《すすき》ひけり

小野小町

（謡曲『通小町《かよいこまち》』）

あなめあなめ・「ああ目（が痛い）」と「穴目」を掛ける。

小野とは言はじ薄生ひけり・小野とは言いますまい。薄が穴目から生えるほど草深い野原なのに。（「小野」に「小野（小町）」を掛け、小町が己《おの》が老残の身を諷した。）

八瀬の山里で修行する僧を、ひとりの姥《うば》（老女）が訪ねた。僧に名をたずねられた姥《うば》は、「恥づかしや己《おの》が名を、己《おの》とは言はじ（自分の名を自分から口に出して、「小野」などとは申しますまい）。すすき生ひたる市原野べに住む姥《うば》ぞ、跡弔《あとと》ひ給へ、お僧」と言って消え失せる。昔、ある人が市原野を通ったとき、表題の歌が聞えてきた。見ると、傍の一むら薄のかげにどくろがあった。僧はこの話を思い出し、さてはあの姥《うば》は小野小町の亡霊であったと知る。

◇七小町（「通小町」「卒塔婆《そとば》小町」「草子洗小町」ほか）

❖鞍馬寺《くらまでら》

「北山のなにがし寺」（『源氏物語』「若紫」）に比定される。（諸説がある）

「＊ねびゆかむ様＊ゆかしき人かな」と＊目とまり給ふ。さるは、「＊限りなう心を尽くし聞ゆる人にいとよう似奉れるが＊まもらるるなり＊けり」と思ふにも涙ぞ落つる。

（『源氏物語』「若紫」）

ねびゆく・成人する。
ゆかし・見たい。
目とまり給ふ・（若紫に）源氏のお目がとまった。
限りなう心を尽くし聞ゆる人・藤壺女御。「心を尽くす」は「心を悩ます」（例。「心尽くしの秋」）。
けり・（藤壺女御への思慕という、いわゆる「無意識」に「はっと気がついた」の意をあらわす。
源氏は、「かの人（藤壺）の御かはりに、明け暮れのなぐさめにも（若紫を）見ばや」とまで思い詰める。
源氏物語を通底する中心の主題（テーマ）である。
まもらるる・自然に見守られる（「るる」は自発）。

❖貴《き》船《ぶね》

＊男に忘られて侍りける頃貴船にまゐりて御洗川《みたらし》に蛍の飛び侍りけるを見てよめる

もの思へば沢の蛍もわが身より＊あくがれ出づる魂かとぞ見る

和泉式部
（『後拾遺和歌集』巻二十）

男・再婚の夫、丹後守藤原保昌。
あくがる・「かる」は「離《か》る」。魂が肉体より遊離すること。「物思ふにあくがるなる魂」などと、源氏物語に散見する。

◆なお、式部の歌に感応して貴船明神が返歌されたと伝える。

おく山にたぎりて落つる滝つ瀬の玉散るばかりものな思ひそ

❖芹《せ》生《りょう》

貴船の奥（北）五キロにある。

持つべき物は子なりとはあの子が為にはよい手向《たむけ》。思へば最前別れた時、いつにない後追《あと》うたを、叱《しか》った時のその悲しさ。冥途の旅へ寺入りと早《はや》虫が知らせたか、隣村《となりむら》へ行くというて、道まで往《い》んで見たれども、子を殺さしにおこして置いて、どうまあ内へいなるゝものぞ。

死顔なりとも今一度見たさに、未練と笑うて下さんすな。包みし祝儀はあの子が香典《こうでん》。*四十九日の蒸物《むしもの》まで持って寺入りさすといふ、悲しい事が世に有らうか、育ちも生まれも賎しくば、殺す心もあるまいに、*死ぬる子は媚《みめ》よしと美しう生まれたが可愛やその身の不仕合、何の*因果で*疱瘡《ほうそう》まで、仕舞《しも》うた事ぢや。

竹田出雲ほか（『菅原伝授手習鑑』「寺子屋」）

四十九日の蒸物・人の死後、四十九日目に行う行事。中陰満了の日。この日、亡者が三界六道に生ずるといわれて、蒸物（蒸菓子。また、赤飯など蒸した飯）を供えて仏事を修する。

死ぬる子は媚《みめ》よし・「みめ」は「見目」。容貌。「玉ならずもありけんをと人いはんや。されども死にし子顔よかりきといふやうもあり」（『土佐日記』）。

因果・原因と結果。（特に仏教で）前世の行いの善悪に応じて、現世での幸・不幸の報いがあるという考え方。

疱瘡《ほうそう》まで、仕舞うた・種痘がなかった時代、人は一度は疱瘡にかかり、それが人の生死を分けるものと考えられていた。

◆菅秀才（菅原道真の子）の身代わりにわが子を寺入りさせた松王丸（首実見役）の女房（千代）の歎きのせりふ。

芹生の里

❖雲《く》ケ《が》畑《はた》

賀茂川源流の地。当地、岩屋山志明院は歌舞伎「鳴神」の舞台。岩屋不動とも称され、山岳信仰の聖地。高雲寺、惟喬《これたか》神社など、惟喬親王ゆかりの地でもある。

鳴神　生まれてはじめて、女の懐中へ手を入れて見れば、アノ*きょうかくの間に、何やら和《やわ》らかな*くくり枕のようなものが二ツ下がって、先に小さな把手《とって》のようなものがあったが、ありゃなんじゃ。

絶間　お師匠様としたことが、ありゃ乳でござんすわいな。

鳴神　ハア乳か、嬰児《みどりご》の時に有難く母の乳味で育ったテ。今一寺の住職となったも、全く母人の乳の恩。その乳を忘るゝようになった。ナント出家というものは、木の端のようなものじゃの。

絶間　お*殊勝《しゅしょう》なことでござんする。

鳴神　ドレ〳〵、じ脈をとってみよう。ハテ、むく〳〵としたものじゃ。コレが乳で、その下がきゅう尾、かの病の凝《こ》っているところじゃ。オゝさっきよりよっぽどくつろいだわいのう。コレこのきゅうびの下のコレこゝを、ずい分というぞや。それから下がしんけつ、ほぞとも臍ともいうところじゃ。このほぞの左右が天すう、ナントよい気持か、ほぞからちょっと間を置いて気海、気海から丹田、その下がいんぱく、そのいんぱくの下が、極楽浄土じゃ。

絶間　あれ、お師匠さま。お師匠様、もうおゆるし下さりませ。

鳴神　拝む〳〵。どうもならぬ。煩悩即菩提、*上品《じょうぼん》のうてなには望みはない。*下品下生《けぼんけしょう》の下へ救いとらせ給え。

絶間　お師匠様、鳴神様、コリャおまえは。

鳴神　気が違うたかということか。

絶間　イヤ本性じゃござりますまい。イヤコレもうし。

志明院山門

鳴神　*破戒したということか。
絶間　*破戒の段ではないわいのう。御出家の身として。
鳴神　だらくした、*だごくした、生きながら*阿鼻地獄へ落ちた。落ちても、こけても、のめっても、*だんないだんない。
絶間　イヤ、上人様。
鳴神　仏も元は凡夫にて、悉達太子のそのむかし、耶輪多羅女という妻あって、羅喉羅という子を儲く。羅什三蔵も妻子あり。近くは滋賀寺の上人さえ、六条の御息所に心をかけ、初春のはつねのきょうの玉は、ゝき、手に取るからにゆらぐ玉の緒、という歌を詠んだためしもあり。オウと言や、オウと言え。心に随わぬにおいては、われ立所《たちどころ》に一念の悪鬼となりて、その美しいのどぶえへほっかりとくらいついて、ともに奈落へ連れ行くが、女、返答は、ナ、何と。

初代市川団十郎（『鳴神』）

きょうかく・胸郭。胸をとりまく骨格。
くくり枕・中にそばがらなどをつめ、両はしをくくった枕。
殊勝・けなげなさま。感心なこと。
上品のうてな・下品下生・極楽浄土を上・中・下三品に分け、更にそれぞれを、上・中・下三生に分けた、最上位と最下位。「うてな」（台）は高殿《たかどの》。
破戒・戒律を破ること。
だごく・堕獄。地獄に堕《お》ちること。
阿鼻地獄・八大地獄の一。無間《むげん》地獄とも。
だんない・だいじない。かまわない。

◆鳴神上人が、岩屋山の滝壺に三千世界の竜神を封じ込めたため、都には一滴の雨も降らなくなった。帝は、雲の絶間姫を遣って、その色香によって上人を破戒堕落させ、法力を奪おうとする。歌舞伎十八番の一。

コラム

沢屋

北野天神前にある甘味処の老舗《しにせ》。客の顔を見てから「粟《あわ》」をちぎり、あずき餡ときな粉をかけて出す。箸にかけると崩れそうになるやわらかさがたまらない。

「あわ」と言えば、鶴屋吉信と梅園の「あわぜんざい」を逸することができない。他に、著者推せんの甘味に、京都南I.Cにある「おせきもち」がある。

❖上賀茂神社《かみがもじんじゃ》

賀茂別雷《わけいかずち》神社。神山《こうやま》（北方2キロにある）を御神体山とする。

風そよぐ＊ならの小川の夕ぐれは＊みそぎぞ夏のしるしなり＊ける

藤原家隆

（『新勅撰和歌集』、夏）

ならの小川・御手洗《みたらし》川のこと。境内を流れる。「楢《なら》」の木を言い掛ける。
みそぎ・夏越《なご》しの祓《はらえ》。
ける・「はっと気がついた」の意。

◆今日、六月（陰暦）最終日ともなれば、風のけはいはすでに秋を感じさせる。わずかにみそぎの行事によって、暦の上での夏を納得するのみである。

❖神光院《じんこういん》

賀茂川を挟んで、上賀茂神社の西（西賀茂）にある。蓮月が晩年の十年間を過ごした。

やどかさぬ人のつらさをなさけにておぼろ月夜の花の下ふし　　蓮月

太田垣蓮月・江戸末期の女流歌人。再婚の夫と死別後、落飾して蓮月と号した。波瀾の中にも高潔の生涯を送る。自詠の和歌を彫った自作の陶器は、「蓮月焼」の名で世にもてはやされた。

コラム

岩（磐《いわ》）座《くら》

この、神殿前の、円錐形の盛《も》り砂は、神霊の降臨する依代《よりしろ》である。それの代表的なものに、近江平野の中に、円錐形の美しい姿を夢のように浮かび上がらせる三上《みかみ》山があり、かねて神体《しんたい》山として有名である。実は、上賀茂神社の神殿には、御帳台だけがあって、神体はない。二キロほど北にある神山《こうやま》に、神霊が時あって天降《あまくだ》る（御生《みあ》れ神事という）しかけ（?）である。

平安京建設の時、新京鎮護のため、東西南北の四方に、山ならぬ岩（磐《いわ》）座《くら》を置いたことが記録に見える。

洛北岩倉にある山住神社は、一個の岩塊を囲っただけの簡素なもので、原初の岩倉信仰の形態を今に残している。

上賀茂神社社頭

❖常照寺《じょうしょうじ》

もと島原角屋の名妓（江戸の高尾、大阪の夕霧とともに、天下の三名妓とうたわれた）吉野太夫の墓がある。灰屋紹益との艶聞で知られる。四月第三日曜（実際は八月二十五日）、吉野忌を兼ね、花供養が行われる。山門は吉野太夫の寄進。なお、灰屋紹益の墓は立本寺（北野の南）にある。

嘸《さぞ》さくら＊われは廓《くるわ》の＊菜たねさへ　よしの

◆西大谷本廟北、妙見宮のほとりに句碑がある。明治三十八年十二月、四条南座で高安月郊の『さくら時雨』上演。吉野太夫の役を勤めた新駒屋中村芝雀が記念して建立。

われは・「世間の人は」に対する。
菜たね・「菜種（の花）」「菜の花」と同じ。春の季語。廓では、灯火用、結髪用などに種油を使うことが多く、そのため、菜の花を植えることもあったと思われる。

「今ごろ外《そと》の世間では、何かと桜に浮かれてもいようが、廓勤めの私には、菜の花を賞《め》ずる暇とてない」の意。吉野大夫の同趣の句に、　ここにさへさぞな吉野は花ざかり　がある。

「隅田川の春も　待乳山《まっち》の夏も　馬道《うまみち》の秋も　ただ眺めるだけ　今年も冬が来る」（斉藤真一『明治吉原細見記』）

というのは、名もない遊女の嗟嘆《なげき》であるが、時代は隔たり、格式の差はあっても心は一つ。そう思うと悲しくなる。

❖光悦寺《こうえつじ》

元和元年（一六一五）、本阿弥光悦が、一族縁者を率い、風雅と信仰の芸術村を開拓した跡。京の街を一望に収める高爽の地に在る。寺内に、太虚庵・臥牛垣（俗に光悦垣）、光悦墓などがある。

＊山二つ＊かたみにしぐれ光悦寺　王城

山二つ・右から鷹ヶ峰、鷲ヶ峰（天ヶ峰を合せて三ヶ峰という）。青々としてまろやかな山容は、大和絵を思わせ、京風に明るく美しい。麓を、紙屋川が、水草清く流れる。
かたみに・互《たが》いに。

◆鷹《たか》ヶ峰の山容も定かならぬほどにしぐれるかと見る間《ま》に忽《たちま》ち晴れて、雨脚は駈け抜けるようにして、早くも西隣の鷲《わし》ヶ峰にかかっている。しぐれ易く晴れ易い北山時雨の風情《ふぜい》も京のものである。
句碑、光悦垣と路を挟み対している。

鷹ヶ峰と光悦垣

❖北山杉《きたやますぎ》

北区中川北山町

じつに真っ直ぐな幹の木末に、少し円く残した杉葉を、千重子は、「冬の花」と思うと、ほんとうに冬の花である。

たいていの家は、軒端と二階とに、皮をむき、洗いみがきあげた、杉丸太を、一列にならべて、ほしている。その白い丸太を、きちょうめんに、根もとをととのえて、ならべ立てている。それだけでも、美しい。どのような壁よりも、美しいかもしれない。

杉山も、根もとの下草が枯れて、真っ直ぐな、そして、太さのそろった幹は、美しい。少しまだらな幹のあいだからは、空がのけぞるところもある。

「冬の方がきれいやないの」と、千重子は言った。

「そうどすやろか。いつも見なれていて、わからしまへんけど、やっぱり冬は、杉の葉が、ちょっと、薄いすすき色になんのとちがいますか」

「それが花みたいや」

「花。花どすか」と苗子は思いがけないように杉山を見上げた。

川端康成（『古都』）

洛東（東山麓）

――待てしばし　やがて汝も休はん

東山三十六峰は、北は四明岳（比叡山の一峰）より始まり、南は稲荷山まで続く。主な山は、北より、修学院山（修学院離宮）、一乗寺山（*詩仙堂）、月待山（銀閣寺庭借景）、*如意ヶ獄（*大文字送り火）、吉田山（三高寮歌碑）、若王寺山（新島襄墓）、南禅寺山、*長楽寺山（将軍塚）、円山、高台寺山、*鳥辺山、音羽山（清水寺）、*清閑寺山、*阿弥陀峰など。

（*印はそれぞれ該当記事参照）

❖東《ひがし》　山《やま》

春はあけぼの。やうやう白くなりゆく山ぎは、すこしあかりて、紫だちたる雲の細くたなびきたる。

清少納言（『枕草子』第一段）

蒲団《ふとん》着て寝たる姿や東山

服部嵐雪『枕屏風』

❖円光寺《えんこうじ》

◇舟橋聖一『花の生涯』

村山たか女の墓がある。法名「清光祖省禅尼」。尼僧道場で、一般の墓参は難しいため、金福寺（42ページ）内に、その筆蹟を刻写した詣り墓「祖省塔」が設けてある。

❖詩仙堂《しせんどう》

江戸初期の文人石川丈山隠栖処。漢・晋・唐・宋の詩仙三十六人の肖像を掲げているので名がある。添水《そうず》（僧都、猪おどし）の工夫はここに始まる。新緑の季節のほか初冬、庭の山茶花《さざんか》の咲く頃訪れるのもよい。丈山墓は、金福寺（42ページ）東南、舞楽寺山（通称中山）の山頂に在る。

賀茂川をかぎりて都の方へ出づまじきとてよみ侍りける

渡らじな*蟬の小川の浅くとも老いの波そふ影もはづかし　石川丈山『新編覆醤集』

蟬の小川・上賀茂神社前を流れる。ここは鴨川のこと。後水尾院に召された時、固辞の意を寓して詠んだ。「たとい鴨川は浅くても、渡るとなれば、水にうつる老いのすがたが恥ずかしい。」蕪村に「丈山の口が過ぎたり夕すずみ」の句がある。

初冬の竹緑なり詩仙堂　内藤鳴雪『新俳句』

◆冬に向かって、竹の緑は美しさを増す。閑寂の気を破って、カンという「鹿《しし》おどし」の冴えた音に、山茶花《さざんか》の花びらが庭に落ちる。端正にして簡浄な句には、居間に掲げられた三十六人の詩仙の高風（け高い風格）に対する、作者の欽慕（敬い慕う）の念がある。

詩　仙　堂

❖金福寺《こんぷくじ》

本堂背後に芭蕉庵がある。安永五年（一七七六）、蕪村の再興にかかる。庵の後丘に蕪村墓がある。（「我も死して碑にほとりせむ枯尾花」蕪村）蕪村忌は十二月二十五日。他にも俳人の墓が多い。（「徂《ゆ》く春や京を一目の墓どころ」虚子）寺の北方の三叉路に、「宮本・吉岡決闘之地」一乗寺下り松がある。

＊四明山下の西南一乗寺村に禅房あり、金福寺といふ。＊土人口称して芭蕉庵と呼ぶ。階前より＊翠微に入ること二十歩、一塊の丘あり。すなはちばせを庵の遺跡也とぞ。もとより閑寂＊玄隠の地にして、緑苔やゝ百年の人跡をうづむといへども、＊幽篁なほ一爐の茶煙をふくむがごとし。水行き雲とゞまり、樹老い鳥睡りてしきりに懐古の情に堪へず。やうやく＊長安名利の境を離るゝといへども、ひたぶるに俗塵をいとふとしもあらず。

与謝蕪村（『洛東芭蕉庵再興記』）

四明山・比叡山の中での最高峰。
土人・土地の人。
翠微・山の中腹。

玄隠・奥深く隠れている。
幽篁・静かな竹藪。
長安・ここでは「京都」。

花守は野守に劣るけふの月

＊夜半翁『句集』

◆春には花守の境涯をうらやましく思っていたが、名月の今宵になってみると、野守の境涯にしくものはない。

夜半翁・蕪村。

◆本堂後庭に句碑がある。

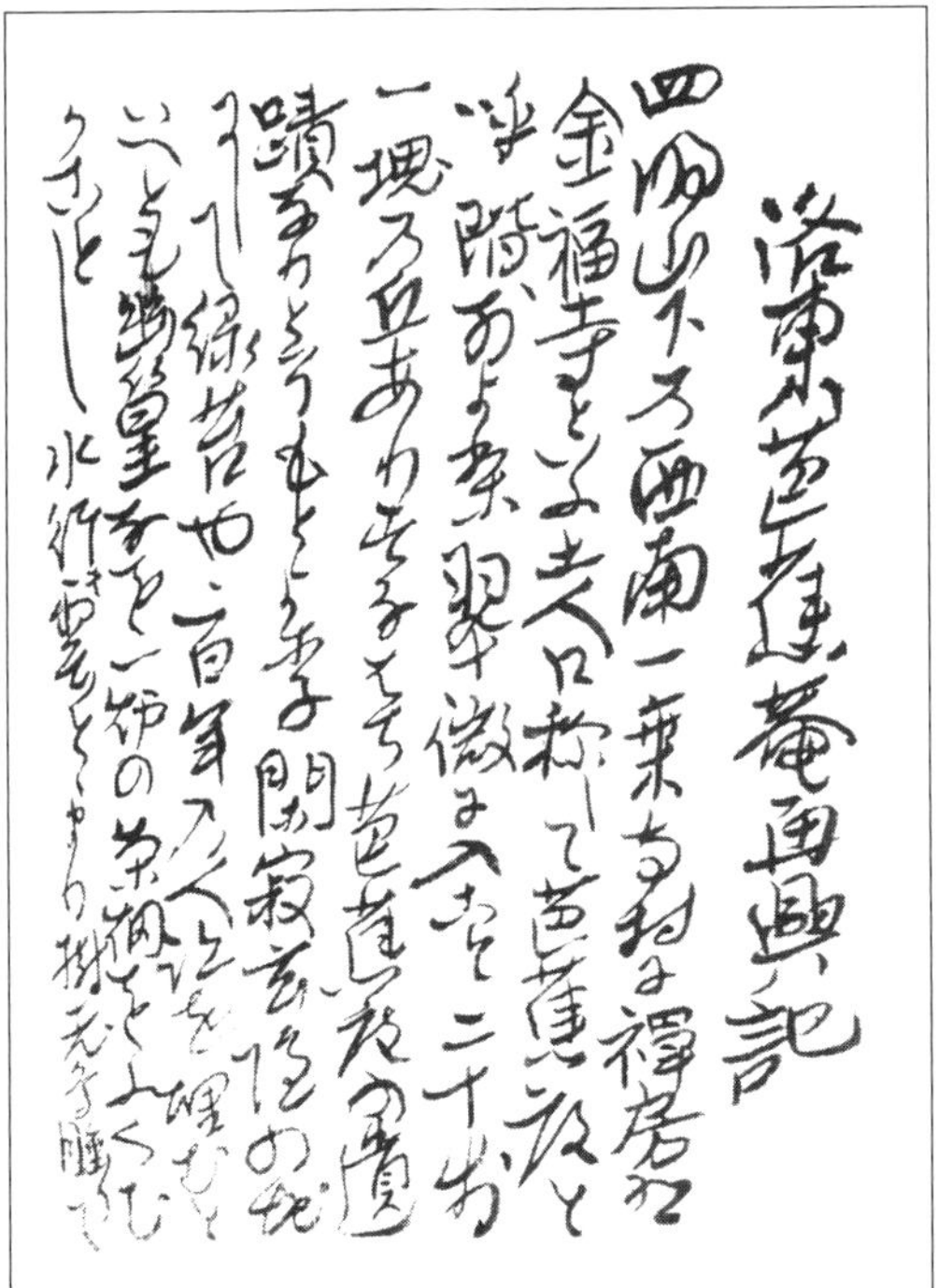

蕪村筆「洛東芭蕉庵再興記」（金福寺所蔵）小関魯庵発行

❖志《し》賀《が》越《ご》え

山中越・白川越などとも言う。北白川から東へ、田ノ谷峠を経て、大津市南滋賀町に通じる。京・西近江を結ぶ要路。志賀寺（崇福寺）詣の路である。

志賀の山越えに女のおほくあへりけるによみてつかはしける

*あづさ弓春の山辺を越えくれば道も*さりあへず花ぞ散りける

紀　貫之

（『古今和歌集』）

あづさ弓・「張る」の意から、ここでは「春」にかかる枕詞。
さりあへず・避《さ》り敢へず。よけきれない。女を花にたとえている。

コラム

京見峠

北山杉で知られる杉坂から鷹ヶ峰に通じる、京都北方重要路にあり、洛中を一望に収める。途中、宮中に献上する氷を貯蔵した氷室跡がある。

京見峠より京の市街を望む

❖大文字山《だいもんじやま》

如意ヶ嶽の通称。八月十六日、孟蘭盆会《うらぼんえ》の大文字送り火（「精霊迎え」）については112ページ「珍皇寺」参照。）から名づけられている。当夜はまた妙法（松ヶ崎、西山、東山）、舟（西賀茂、明見山）、左大文字（金閣寺裏、大北山）、鳥居（上嵯峨、曼茶羅山）の順に点火する。

毎年七月十六日の夕暮大文字の送り火は銀閣寺の後山如意が嶽に有り。むかし此の麓に浄土寺といふ天台の＊伽藍あり。本尊阿弥陀仏は一とせ＊回録の時此の峯に飛去り光明を放ち給ふ。これを慕ふて本尊を元の地へ安置し、夫《それ》より于蘭盆会《うらぼんえ》に光明のかたちを作り火をともしける。其の後弘法大師大文字にあらため給ふ。＊星霜累《かさな》りて文字の後も堙《うずもれ》しかば、＊東山殿相国寺の横川和尚に命ぜられ元のごとく作らしめ給ふ。大の字初画の一点長さ九十二間ありといふ。

冬の日雪の旦《あした》も此の文字後に雪つもりて＊洛陽の眺めとなる。これを雪の大文字とぞいひ侍る。

秋里籬島（『都名所図会《ずえ》』）

伽藍・梵語。僧園、精舎《しょうじゃ》などと訳す。

回録・火事。
東山殿・足利義政（室町幕府第八代将軍）。一四八三年、東山に山荘を造って移り住んだので称する。
洛陽・京都の雅称。（もと、中国の古都の名）

ふと見れば大文字の火ははかなげに映りてありき君が瞳に　　吉井　勇

コラム　**学規**

学規　　会津八一

一、ふかくこの生を愛すべし
一、かへりみて己を知るべし
一、学芸を以て性を養ふべし
一、日々新面目あるべし

❖法然院《ほうねんいん》

法然が六時礼讃（一日を六分し、各時刻に阿弥陀仏を礼拝・讃嘆する行法）を修した旧跡。茅葺門外の墓地に、河上肇、内藤湖南、浜田青陵、谷崎潤一郎ら、学者、文人の墓が多い。「人生片想―京の風物に寄せて―」（「わが心の京都」）（209ページ）参照。

*ゲーテの歌　*寸心

見はるかす山々の頂
梢には風も動かず鳥も鳴かず
まてしばしやがて汝《なれ》も休《やすら》はん

◆九鬼周造（前京大教授、哲学者）墓碑銘。
ゲーテの歌・「旅人の夜の歌」の二。
寸心・西田幾多郎（前京大教授、哲学者）の号。

多度利津伎　布理加弊里美礼者　山川遠　古依天波越而　来都流毛野哉

河上　肇

谷崎潤一郎墓（法然院）

◆「たどりつきふり返り見れば山川を越えては越えて来つるものかな」と訓《よ》む。河上肇《はじめ》（一八七九〜一九四六）墓碑銘（自筆）。昭和七年「家を出て地下に潜み共産党員となった折の歌」。マルクス経済学者の故をもって京大教授の地位を追われた。『貧乏物語』の著により広く知られる。

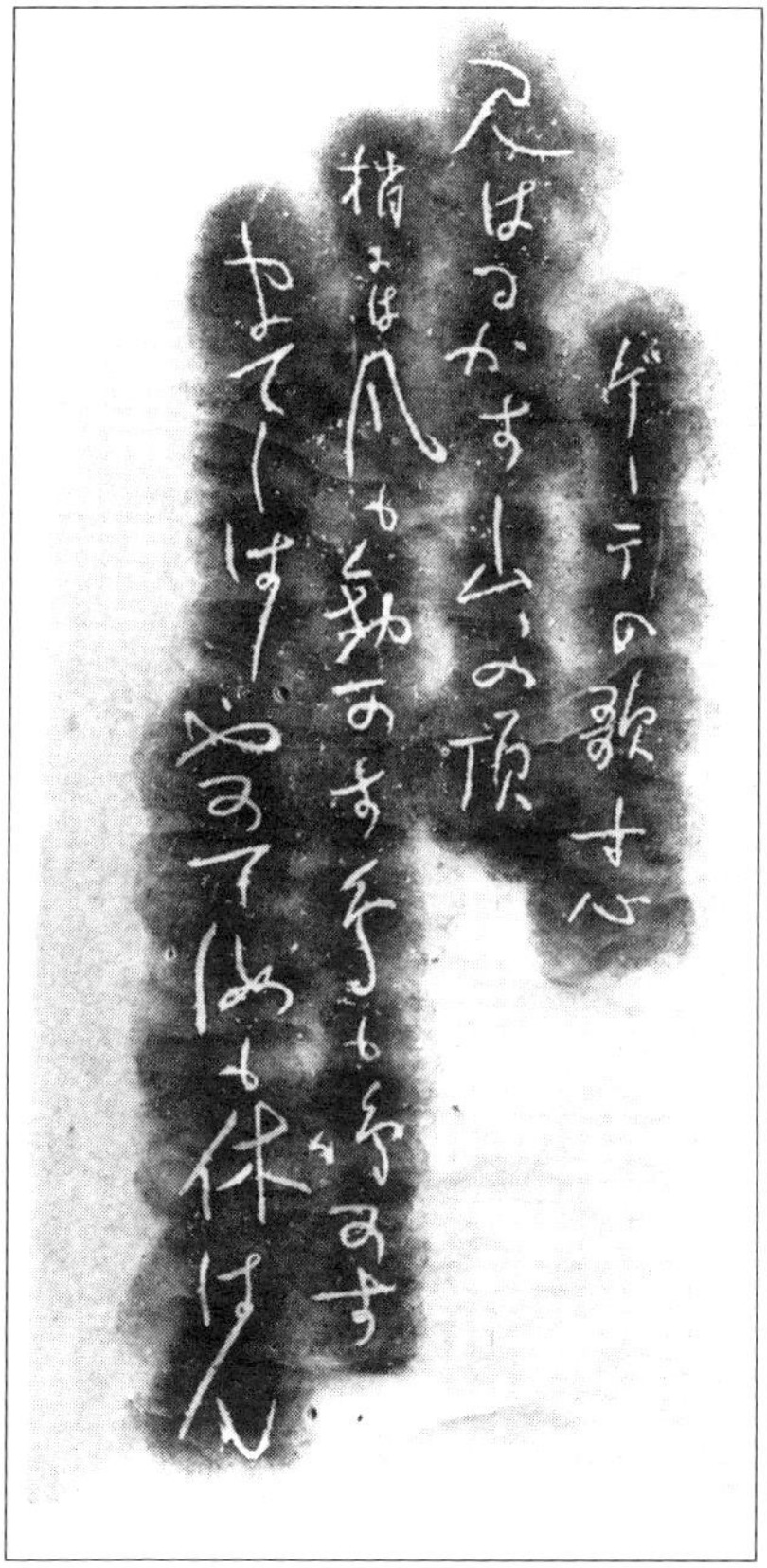
九鬼周造墓碑銘

❖鹿《しか》の谷《たに》

東山のふもと鹿の谷と云ふ所は、うしろは三井寺につゞいてゆゝしき城墎にてぞありける。*俊寛僧都の山荘あり。かれにつねはよりあひ〳〵、平家ほろぼさむずるはかりごとをぞ廻らしける。

（『平家物語』巻一）

俊寛僧都の山荘・今の鹿谷町東方約一キロの山腹にあった。

コラム

眼《ま》な交《か》ひに

*眼《ま》な交《か》ひに繁《し》み立つ杉の山の端《は》を限りて青き北山の空

大島一郎

（『わがちちにあはざらめやも』）

眼《ま》な交《か》ひ・眼の交ひ。眼前。

❖安楽寺《あんらくじ》

松虫、鈴虫、住蓮房、安楽房の像および五輪塔がある。法然上人の高弟、住蓮房・安楽房（その名を取って住蓮山安楽寺という）の念仏の声に惹かれ、後鳥羽院の寵姫、松虫・鈴虫、宮中を出て尼となる。上皇、二房を斬り、上人を土佐に流す。世に承元（一二〇七）の法難という。つつじの庭が美しい。

❖真如堂《しんにょどう》

もと本堂の名。寺名に代える。覚円院に去来墓がある。（158ページ「落柿舎」参照。）

涼しさの野山に満つる念仏かな　去来

◆境内に鈴鹿野風呂《のぶろ》書の句碑が立っている。

❖永観堂《えいかんどう》

禅林寺の俗称。「みかえり阿弥陀如来」をまつる。当寺第七世住持永観《ようかん》律師が、永保二年（一〇八二）二月十五日早朝、須弥壇を巡り勤行《ごんぎょう》するうち、ふと、阿弥陀が厨子を出て先導するのを認め、思わず驚懼して歩をとめた。時に阿弥陀がふり返って「永観おそし」と言われたという。
他に、山越阿弥陀来迎図を蔵することでも知られる。紅葉もよい。

秋を三人椎《しい》の実投げし鯉やいづこ池の朝風手と手つめたき　与謝野晶子『みだれ髪』

それとなく*紅き花みな友にゆづり*そむきて泣きて忘れ草つむ　山川登美子『恋歌』

紅き花・師鉄幹に対する激しい恋慕の情を象徴している。
そむきて・背を向けて。

◆明治三十三年十一月、与謝野鉄幹、鳳晶子、山川登美子の三人、永観堂に観楓のあと、粟田山麓華頂温泉の辻野旅館で、三様の思いを抱いて、眠られぬ夜を過ごした。翌春、鉄幹、晶子と同所に再会。晶子の歌はその時の作で、境内に作者自筆の歌碑がある。
なお、登美子の歌は、悲恋の歌として、当時世に喧伝《けんでん》（盛んに言いはやす）された。なお「蹴上」

（59ページ）参照。

◆米沢市の、いわゆる出羽善光寺も、みかえり阿弥陀を蔵することで知られている。左にひねったお身体の流れるような線は、拝者をして、ほとんど恍惚たらしむるものがある。それぞれ、いわれは異にするが、仏の無量深の慈悲の形象化として、美しくやさしく、時に艶《つや》やかにも拝せられる。

◇佐藤春夫『晶子曼陀羅』

総本山禅林寺蔵　みかえり阿弥陀如来

❖知恩院《ちおんいん》

京都という町は不思議な印象を与える。この山々に取りかこまれた盆地は、四季の眺めが*劃然《かくぜん》としている。春はいかにものどかにおとずれて、柳桜をこきまぜた景色を見せる。加茂川の水ぬるみそめて、友禅《ゆうぜん》を洗う美しい絵のような風俗が、そのまま春服をまとうた京の女に見られる。
夏は毛穴から吹き出す汗が油のように凝結するのに、薄暗い部屋で鈍い動作でうごきながら、きちんと上布をきて帯までしめて、静かに氷水などを飲んでいる女を見ると、いかに死太い忍従に堪えているかがわかる。秋は晴れやかに黄と紅とで彩色される。冬は酷烈な冷めたさの中で、そういう濃い色彩の中に、北山時雨《きたやましぐれ》が音もしないで降りかかる。五重塔が浮いているのだ。
このような春夏秋冬をつらねて日めくり暦のように祭礼が行われる。京の祭ほど物静かなものはない。葵祭《あおいまつり》にしても、祇園会にしても、華やかではあるが、騒々しくはない。

………（中略）………

浮世は――京都らしく四季の移り変りと共に社寺のにぎわいを見せるが、東山の麓の尼衆学林では、ことりと音も立てないようにして月日が流れていった。誕生会と、相前後して、祇園の花見小路は、だらりの帯しめた舞妓《まいこ》さん達が往き交うて、いかにも艶麗な空気を漂わせている中を、学林の生徒等が物静かに通り過ぎると、これ等の舞妓さん達は、ふっと道をよけて、片手に舞扇をさげ、片手を合掌《がっしょう》の形にして
（御いたわしい――）
という表情をしながら、同性としての＊惻隠《そくいん》の情に堪えられないのだろう。
今　東光（『春泥尼抄』）

劃然《かくぜん》・区別がはっきりしている。
惻隠・同情する。

❖南禅寺《なんぜんじ》

方丈（虎の子渡し）のほか、金地院・天授庵などの塔頭《たっちゅう》（59ページ『コラム』参照）の庭園見るべきである。

絶景かな、絶景かな、春の詠《なが》めは価《あたい》千金とは小さなたとへ。この五右衛門が目からは万両。最早や日も西に傾き、誠に春の夕暮の桜は取りわけ一入《しお》一入《しお》。ハテ麗《うらら》かな眺めじゃなア。
初代並木五瓶（『楼門《さんもん》五三桐』）

◆山門がセリで上がる。爛漫の春。大百日かずら（さかやきの伸びたかずら。盗賊をあらわす。）にどてらを着た五右衛門が、キセルを手にしながらのせりふ。極細色の錦絵を見るよう。

石川五右衛門釜煎りの刑は文禄三年（一五九四）、南禅寺三門建立は寛永五年（一六二八）であるから、もとより史実のいわれはない。釜煎り刑に臨んで、「石川や浜の真砂子《まさご》は尽くるとも世に盗人の種は尽くまじ」の辞世を詠んだ。

❖天授庵《てんじゅあん》

南禅寺塔頭《たっちゅう》（59ページ『コラム』参照）

信じがたいことが起こったのはその後である。女は姿勢を正したまま、俄かに襟元をくつろげた。私の耳には固い帯裏から引き抜かれる絹の音がほとんどきこえた。白い胸があらわれた。私は息を呑んだ。女は白い豊かな乳房の片方を、あらわに自分の手で引き出した。

士官は深い暗い色の茶碗を捧げ持って、女の前へ膝行した。女は乳房を両手で揉むようにした。

私はそれを見たとは云わないが、暗い茶碗の内側に泡立っている鶯いろの茶の中へ、白いあたたかい乳がほとばしり、滴たりを残して納まるさま、静寂な茶のおもてがこの白い乳に濁って泡立つさまを、眼前に見るようにありありと感じたのである。男は茶碗をかかげ、そのふしぎな茶を飲み干した。女の白い胸もとは隠された。

三島由紀夫（『金閣寺』）

「私」が女と再会したとき、三年の歳月は士官を戦死させ、女を変質させていた。

「京都 UP TO DATE」（本書203ページ）

南禅寺山門上から俯瞰した天授庵

❖金地院《こんじいん》

◇谷崎潤一郎『月と狂言師』

南禅寺の塔頭《たっちゅう》。黒衣の宰相崇伝が住持した。小堀遠州作「鶴亀の庭」がある。

❖西福寺《さいふくじ》

南禅寺草川町（参道北）。＊上田秋成墓がある。蟹形台石上の墓碑に「上田無腸翁之墓」と刻む。

上田秋成・国学者。『雨月物語』の作者として広く知られる。「無腸」は号。（「無腸公子」は蟹の別名。また、筋操のない男を「無腸漢」とも言うことから、「無腸翁」は、身体的不具に加えて、狷介（性質がひねくれていたりして、意志をまげず、人と和合しない）な性格の自卑でもあろうか。ともあれ、この孤高の芸術家は、近くの喧騒をよそに、静かに眠っている。

上田無腸翁之墓

❖蹴《け》上《あげ》

みめざめの鐘は知恩院聖護院出でて見給へ紫の水　与謝野晶子（『夢之華』）

◆蹴上浄水場内、辻野旅館（52ページ）跡に作者自筆の歌碑がある。

コラム　**塔《たっ》頭《ちゅう》**

大寺の高僧の没後、弟子が師徳を慕って頭《ほとり》を去らず、大寺の境内に小寺を構えて住んだことから名づける。子院。

この特殊なよみ方は「唐音」といい、一〇〇〇年ごろから中国に渡った僧によって伝えられた。（古来からの音は「漢音」または「呉音」である）。

「唐音」の例。行燈《あんどん》　蒲団《ふとん》　餡《あん》　鈴《りん》など。

❖都《みやこ》ホテル

現在は、ウェスティン都ホテル京都の名になっている。

夜半の春なほ処女《おとめ》なる妻と居りぬ　日野草城
をみなとはかかるものかも春の闇　同
麗かな朝の焼麺麭《トースト》はづかしく　同
失ひしものを憶へり花曇り　同

◆「ミヤコホテル」連作十句のうち。昭和九年発表当時、「ミヤコホテル」論争を巻き起こした。同趣の歌二首を記す。

見のこしし夢を抱きて嫁《とつ》ぎ来し女の夜のうつくしきかな　前田夕暮
花をへだてていとほしき胸のふくらみよぎりぎりまで清く君を保たむ　塚本邦雄

❖尊勝院《そんしょういん》

ウェスティン都ホテル京都から、粟田山を西南へ少し登ったところにある。青蓮院院家《いんげ》（支院）筆頭。本尊に元三大師良源の像を祀り、元三堂ともいう。

外へ出ると、考え抜いた挙句の、「その山をちょっと登ると、尊勝院てあるの、知らんやろ」と誘った。粟田山だ。

「知ってる」

「なんでや」と私は不興気《ふきょうげ》に反問した。目算《もくさん》が狂った。＊雪子は、知った人のお墓があると言い、それでも、私の登って行きたそうなそぶりに逆らわなかった。

………（中略）………

尊勝院は贅沢な忘れ物のように、うっとり夢うつつの静かさで冬日だまりの中にあった。なにが美しいのでも尊いのでもない。お寺と思いたくなければだれぞ二、三流の公家《くげ》の別宅と想っていい。大きくも深くもない山ふところに枯れた景色と建物とが、流れ去る時の間をこぼれ落ち置き忘れられたまま、雨《う》露《ろ》に曝されて清い白骨と化していた。しかも鳥は鳴きしきり、春が来るとみごとな山桜が咲く。勤行《ごんぎょう》の鉦《かね》も鳴る。人なつかしくてそして人を寂びしがらせないお寺だと私が言えば、うちもそう思うと珍しく雪子は口に出して肯《うべな》った。

（秦　恒平『初恋』）

雪子・のろんじ（呪師）愛八の娘。雪子に惹かれた「私」は、つきまとうようにして彼女を追いかける。しかし、二人を待っていたのは、雨の日の京の街での別離《わかれ》の儀式であった。

◆京に生まれた作者ならではの文体と主題（差別の問題）、異色の恋愛小説である。原題は「雲居寺跡《うんごじ》」。

❖長楽寺《ちょうらくじ》

円山公園の東南。東大谷の北に在る。建礼門院供養塔(十三重遺髪塔)、頼山陽墓がある。紅葉の候もよい。

かくて*女院は、文治元年五月一日、御ぐし下させ給ひけり。御戒の師には、長楽寺の阿証房の上人、印誓とぞ聞えし。御布施には*先帝の御直衣なり。今はの時まで召されたりければ其の移り香いまだ失せず。

(『平家物語』灌頂巻「女院出家」)

女院・建礼門院。

先帝の御直衣・「この御衣をば幡《はた》に縫うて長楽寺の仏前にかけられける」(『平家物語』灌頂巻「女院出家」)今に寺宝として伝える。先帝は安徳帝。

❖真《ま》葛《くず》ヶ《が》原《はら》

円山公園東南双林寺（西行、平康頼、頓阿の供養塔を伝える）のあたり一帯を古称した。

なお、双林寺の西南に、西行庵、芭蕉堂がある。


願はくは花の下にてわれ死なんその二月《きさらぎ》の望月《もちづき》のころ　西　行（『山家集』）

◆この歌の願いどおり、西行は、建久元年（一一九〇）二月十六日、河内国葛城山西麓弘川寺で示寂（有徳の僧の死）した。七十二歳。今の暦では三月下旬になるから、折柄、葛城山麓の桜はほころびていただろう。かくて、この歌は、後人羨望の種として有名になった。

コラム　**蔀《しとみ》**

「し」は「風」。（あらし（嵐）など）、「とみ」は「止《と》む」、風雨を防ぐという語源。格子の裏に板を張って透けないようにしたもの。

仁和寺、宇治上神社の蔀が今に古態を存して美しい。

上半部を吊り上げたのが「半蔀《はじとみ》」。『源氏物語』「夕顔」、（謡曲「半蔀」）にも登場して艶《つや》っぽい。

❖祇園女御塚《ぎおんにょうごづか》

円山公園南、音楽堂と道を隔て、西側にある。一説に、一条天皇中宮彰子、三条天皇中宮研子の火葬地かともいう。なお、京都御苑内、堺町御門傍に在る厳島神社は祇園女御を祀る。

或人の申しけるは、清盛公は忠盛の子に非ず、誠には白河院の皇子也。其故は、去る永久の比ほひ、祇園女御と聞えし*幸人《さいわいびと》御座しける。件の女房のすまひ所は、東山の麓祇園の辺にてぞ有りける。

(『平家物語』、巻六「祇園女御」)

幸人・しあわせな。ここでは特に、寵愛を得た人。

◆別に女御の妹の御落胤とも。なお八坂神社拝殿東に「忠盛灯籠」(『平家物語』、同前)がある。

コラム **オドレヤ**

オドレヤ　オドレヤ　オドルガ盆ジャ　マケナヨマケナヨ　アスノ夜ハナイゾ
オドレヤオドレヤ

島崎藤村(『夜明け前』)

❖清水寺《きよみずでら》

西国三十三所観音霊場の十六番札所として古来尊崇が篤い。いわゆる「清水の舞台」から眺める京都市街の夕景は絶佳。

＊川原表を過ぎ行けば、急ぐ心の程もなく、＊車大路や＊六波羅の、地蔵堂よと伏し拝む、観音も同座あり、＊闡提《せんだい》救世の、方便あらたに、たらちねを守り給へや、げにや守りの末直に、頼む命は白玉の、＊愛宕《あたご》の寺もうち過ぎぬ。＊六道の辻とかや、げに恐ろしやこの道は、冥途に通ふなるものを、心細＊鳥部山、煙の末も薄霞む、声も旅雁の横たはる、北斗の星の曇りなき、み法の花も開くなる、＊経書堂《きょうかく》はこれかとよ、そのたらちねを尋ぬなる、＊子安の塔を過ぎ行けば、春の隙行く駒の道、はや程もなくこれぞこの、＊車宿り、＊馬留め、ここより花車、＊おりゐの衣播磨潟、飾磨《しかま》の徒歩《かち》路清水の仏のおん前に、念誦して、母の祈誓を申さん。

（謡曲『熊野《ゆや》』）

川原表・賀茂川沿いの道。
東大路・大和大路。五条橋（今の松原橋）から清水寺へ通る路。
六波羅・六波羅蜜寺。（114ページ参照）
闡提《せんだい》救世の、方便あらたに・救世の方便として成仏せずにおられる観音様のお慈悲をあらたかに示し給うて。「闡提《せんだい》」は不成仏の意。
愛宕の寺・珍皇寺（112ページ）の別称。
六道の辻・珍皇寺（112ページ）参照。
鳥部山・鳥辺山（69ページ）参照。
経書堂・清水坂の来迎院の別称。
子安の塔・清水坂上の子安観音。
車宿り、馬留め・清水寺西門附近の地名。
おりゐの衣播磨潟、飾磨の・次の「徒歩路」の序。

コラム

君過ぎし日に

君過ぎし日に何をかなせし
君今ここに唯だ嘆く
語れや、君、そも若き折
何をかなせし

ヴェルレーヌ（『偶成』永井荷風訳）

❖地主神社《じしゅじんじゃ》

清水寺本堂裏、縁結びの神。

地主の桜は散るか散らぬか見たか水汲み。散るやら散らぬやら*あらしこそ知れ。

（『閑吟集』）

あらしこそ知れ・「我は知らず」の余意がある。（「桜の花を吹き散らす嵐が一番よく知っているから、そちらに聞いてみな」）

◆この句、軽妙な問答形式ゆえに愛されて、狂言（「水汲」）などに、小歌として流行した。

コラム

花かげに

花かげにいくたびか酔ひ得んや　貧しくとも*うま酒買ひてまし

作者不詳

うま酒・旨酒。おいしい酒。

❖鳥辺山《とりべやま》

阿弥陀ヶ峰（72ページ）を中心とした南北一帯の傾斜地の古称で、平安以来の火葬場。山を挟み、北は専ら庶民の、南は皇族・貴族の墳墓地。今、鳥辺野というのは、花山山西麓で、慶長以後の墓地である。化野（148ページ）参照。

鳥辺山たにに煙の燃え立たばはかなく見えし我と*知らなむ

読人知らず

（『捨遺和歌集』）

知らなむ・知ってほしい。

亡き跡をたれと知らねど鳥辺山をのをのすごき塚のゆふぐれ

西行（『山家集』）

◇岡本綺堂『鳥辺山心中』

❖実報寺《じっぽうじ》

鳥辺山墓地の一廓にある。お俊・伝兵衛の墓がある。なお、聖護院積善院準提堂に恋情塚がある。

◇近松半二『近頃河原達引』

コラム

摹倣江州阿育王塔

法然院にある。基部の字は、「摹倣江州阿育王塔」と読める。「摹」は「摸」。「江州」は近江の国。「阿育王」は「アショーカ」。前三世紀頃、インドに君臨した王。仏教を広めるのに熱心であったことで知られる。

原物は、東近江蒲生《がもう》野石塔寺《いしどうじ》（八日市I.C の西南）の頂上にある。山を蔽いつくした、幾千とも知れぬ五輪石塔に囲まれた、荒涼たる風景の中央に、凝然《ぎょう》として立っている。その異国（朝鮮）風の造形から、天智朝の頃、帰化人によってもたらされたものかと思われる。阿育王が世界にばらまいた八万四千の塔のうちの一つとの伝説がある。

❖清《せい》閑《かん》寺《じ》

小督局（164ページ「小督塚」参照）宝篋印塔がある。隣接して高倉天皇陵がある。

むかし清閑寺の真燕僧都といふ人住みける。ある夕ぐれ、門外にたゝずみて行きかふ人を見ゐたる折ふし、髪かたちめでたき女のたゞひとりゆくを見て、忽ち愛心おこりたれば、物いひかくべき便りなくて、清水への道は何れぞと問ひければ、女、

見るにだに迷ふ心のはかなくてまことの道をいかで知るべき

といひ捨て、*頓《やが》て姿を見失ひける。女は*化人にて侍るにや。その歌読みし所を*歌の中山といふ。

（寺説）

頓て・すぐに。
化人・神仏が衆生化益のため、仮に人の姿をして現れるもの。
歌の中山・清閑寺の北、音羽山の間をいう。

❖阿弥陀ヶ峰《あみだがみね》

東山の一峰。古くは「鳥辺山」と称した。頂に豊臣秀吉墓（五輪塔）、麓の方広寺境内に豊国神社がある。

❖鳥戸野陵《とりべののりょう》

＊宮は御手習をせさせ給ひて、御帳の紐に結びつけさせ給へりけるを、今ぞ＊師《そち》殿《どの》、御方々など取りて見給ふに、「この度は限りのたびぞ。その後すべきやう」など書かせ給へり。（中略）

＊煙とも雲ともならぬ身なりとも草葉の露をそれと眺めよ

など、あはれなることども多く書かせ給へり。「この御言のやうにては、例の作法にはあらでとおぼしめしけるなめり」とて、師殿《そちどの》急がせ給ふ。（中略）その夜になりぬれば、黄金作りの御＊いとげの御車にておはしまさせ給ふ。師殿《そちどの》よりはじめ、さるべき殿ばら皆仕うまつらせ給へり。今宵しも雪いみじう降りて、*おはしますべき屋も皆降り埋みたり。

（『栄花物語』・巻七、「とりべ野」）

宮・定子皇后。
師殿・藤原伊周《これちか》（定子兄）。
煙とも雲ともならぬ身・土葬を意味する。「例の作法にはあらで」も同じ。
いとげの御車・糸毛の車。車箱を色染の撚《ねん》糸で飾った牛車。主として婦人の乗用。
おはしますべき屋・殯宮《ひんきゅう》。（あらきのみや。もがりのみや）。貴人の葬儀の行われるまで、しばらくその遺体を安置しておく仮の御殿。

◆栄花物語中の圧巻である。長保二年（一〇〇〇）十二月十六日、定子皇后崩。御年二十四。鳥辺野陵に葬る。

❖泉涌寺《せんにゅうじ》

霊明殿後方の丘陵に、四条天皇以下歴代天皇の陵墓が築かれ、皇室の菩提寺として尊崇が篤い。よって「御寺《みてら》泉涌寺」と称せられる。観音堂に楊貴妃観音像を蔵する。

コラム

わが父に

わが父に＊会はざらめやも＊来む世には孝尽くさむよ＊心足らひに　大島一郎

（『わがちちにあはざらめやも』）

会はざらめやも・会わないだろうか（いや、きっと会う）。反語形。

来む世・来世。「む」は婉曲。

心足らひに・心が満足するほどに。

人は死して後、彼の最も愛する人に必ず再会できるとは、アメリカ精神医学会会員エリザベス・キュブラ＝ロスの説くところ、かねて、著者衷心の信仰である。

洛中

——かにかくに　祇園は恋し

下鴨神社

❖下鴨神社《しもがもじんじゃ》

賀茂別雷神《わけいかずち》（上賀茂神社の祭神）の母神、玉依姫《たまより》を祭る。よって、賀茂御祖《みおや》神社と称する。

❖糺《ただす》の森《もり》

樹齢数百年の大樹が聳《そび》え立ち、平安京以前の山城原野の、古代の自然を残している。下鴨神社、河合神社（鴨長明ゆかり）がある。

汽車は流星の疾《はや》きに、二百里の春を貫《つらぬ》いて、行くわれを七条のプラットフォームの上に振り落とす。余が踵《かかと》の堅き叩《たた》きに薄寒く響いたとき、黒きものは、黒き咽喉《のど》から火の粉をぱっと吐いて、暗い国へ轟《ごう》と去った。

………（中略）………

子規は＊血を嘔《は》いて新聞屋となる。余は尻を端折《はしょ》って＊西国へ出奔する。お互いの世はお互いに物騒になった。物騒の極、子規はと

ならの小川（御手洗川）

うとう*骨になった。その骨も今は腐れつつある。子規の骨が腐れつつある今日に至って、よもや、漱石が*教師をやめて、新聞屋になろうとは思わなかったろう。漱石が教師をやめて、寒い京都へ遊びに来たと聞いたら、*円山《まるやま》へ登った時を思い出しはせぬかというだろう。新聞屋になって、糺《ただす》の森の奥に、*哲学者と、*禅居士《こじ》と、若い坊主頭と、古い坊主頭と、いっしょに、ひっそりかんと暮らしておると聞いたら、それはと驚くだろう。やっぱり気取っているんだと冷笑するかもしれぬ。子規は冷笑が好きな男であった。

………（中略）………

かくして太織の蒲団を離れたる余は、顫《ふる》えつつ窓を開けば、*依希《いき》たる細雨は、濃《こま》やかに糺の森を籠《こ》めて、糺の森はわが家をめぐりて、わが家の寂然たる十二畳は、われを封じて、余は幾重ともなく寒いものに取り囲まれていた。

春寒の社頭に鶴を夢みけり

夏目漱石（『京に着ける夕』）

血を嘔《は》いて新聞屋となる・明治二十二年五月、最初の喀血。明治二十五年十二月、日本新聞社員となる。

西国へ出奔・明治二十八年四月、松山中学教諭として赴任。一年後、熊本の第五高等学校教授に転任。

骨になった・明治三十五年九月死。

教師をやめて、新聞屋になろう・以下の解説参照。

円山へ登った時・明治二十五年、子規と初めて京都に遊び、妓楼のある街に迷い込んだと記している。

哲学者・狩野亨吉のこと。

禅居士・菅虎雄のこと。

依希・ぼーっとして、はっきりしないさま。

◆漱石は、明治四十年三月二十八日夕、京都七条停車場着。狩野亨吉（京都帝国大学文科大学々長兼教授）、菅虎雄（第三高等学校教授）の出迎えを受け、人力車三台を連ね、糺の森境内にあった狩野亨吉の官舎に向かった。

当時漱石は、大学をやめ、朝日新聞社入社を考えていた。（朝日新聞のために、第一作の筆を執る責務を負うことになる）。

そのこともあって（と思われる）、漱石は道すがら、しきりに、「寒い、寒い」を連発している。漱石心中の寒さを暖ためてくれたのは、ほかならぬ子規との思出であった。かくて、子規への逆説的友情が、篇中、ライト・モチーフとしてくり返されることになる。

六月十三日、「虞美人草」を書き始めてから二週間経った。漱石は、突如、何びとの追随も許さぬ学識と修辞に彩《いろど》られた文章に染筆し、満天下の読者を魅了する。

「紅を弥生に包む春酣《たけなわ》なるに、春を抽《ぬきん》ずる紫の濃き一点を天地の眠れるなかに鮮やかに滴《した》たらしたるが如き女である。」

糺の森での夢が正夢となり、鶴が舞い降りた瞬間であった。

❖河合神社《かわいじんじゃ》

下鴨神社境内の西南に在る。

近比《ちかごろ》、賀茂社のうじ人にて、菊大夫長明といふものありけり。管絃の道、人にしられたりけり。社のつかさをのぞみけるが、かなわざりければ、よをうらみて出家して、後おなじくさきだちて、世をそむける人のもとへ、いひやりける。

いづくより人は入けん真くず原秋風ふきし道よりぞこし

ふかき怨のこゝろのやみに、しばしのまよひなりけんと、此思ひをしるべにて、まことの道に入にけるこそ、生死・ねはんとこゝろ同じく、ぼんなう・ぼだいひとつ成けることはり、たがはざりけりとこそおぼゆれ。

(『十訓抄』第九　可レ停二懇望一事)

◆河合神社に祢宜《ねぎ》の欠員があったのを機に、長明を任ぜよとの後鳥羽院の内示があったが、同族の反対にあって沙汰止みとなった。長明は出家し、大原に隠栖した。

❖廬《ろ》山《ざん》寺《じ》

京都御所の東、府立医大の西に位置する。
「紫式部邸宅址」の碑立つ。平安朝の庭園の感じを表現した「源氏庭」
がある。また、節分の追儺《ついな》式鬼法楽で知られる。
式部墓は、紫野の一角、堀川通北大路下ル西、島津製作所紫野工場の
一隅に小野篁《たかむら》墓と二基並び立っている。
なお、引接寺《いんじょうじ》（千本閻魔堂。千本鞍馬口下ル西）境内に在る多宝石塔は、
式部供養塔と伝えられる。

◆白砂を限る緑の苔の絵模様は、絵巻物にしばしば使
われる金の霞（源氏雲）を思わせる。
長高《たけたか》の苔を抽《ぬきん》んでて咲く桔梗の花の紫は、紫式部の
イメージに重なり、凛として美しい。

廬山寺（源氏の庭）

❖法《ほう》成《じょう》寺《じ》跡《あと》

荒神口通寺町を東へ入った北側に、法成寺跡の石碑がある。

*飛鳥川《あすかがは》の淵瀬《ふちせ》常《つね》ならぬ世にしあれば、時移《ときうつ》り、事去《ことさ》り、楽《たの》しび・悲《かな》しび行《ゆ》きかひて、はなやかなりしあたりも人住《す》まぬ野《の》らとなり、変《かは》らぬ住家《すみか》は人改《あらた》まりぬ。*桃李《たうり》もの言《い》はねば、誰《たれ》とともにか昔《むかし》を語《かた》らん。まして、見ぬ古《いにしへ》のやんごとなかりけん跡《あと》のみぞ、いとはかなき。*京極殿《きやうごくどの》・法成寺《ほうじょうじ》など見るこそ、志《こころざし》留まり、事変《ことへん》じにけるさまはあはれなれ。

吉田兼好（『徒然草』第二十五段）

飛鳥川の淵瀬常ならぬ世にしあれば・「世の中は何か常なる飛鳥川昨日の淵ぞ今日は瀬となる」（『古今和歌集』巻十八、よみ人知らず）を踏まえ、この世の、飛鳥川の淵瀬のように変わりやすいことを言っている。

桃李もの言はねば・「桃李もの言はねば」「桃李言《ものい》はず、春幾《いくばく》か暮れぬる。煙霞跡無し、昔誰か栖《す》みし」（『和漢朗詠集』巻下「仙家」）。

京極殿・藤原道長の邸宅。土御門弟《てい》。法成寺の西にあった。

❖東三本木通《ひがしさんぼんぎどおり》

丸太町橋から西一筋目を北へ入る通。古くは大料亭の並ぶ狭斜《いろまち》の地であった。

彼は宿へ帰ってからも落ちつけなかった。然しそれは矢張り幸福な気持だった。そしてそれをどうしたらいいのか、そして全体これはどう云う気持なのか、と思った。確かに通り一遍の気持ではなかった。

彼は今日もう一度通って置かねば、明日はもう其所に居ないだろうと思った。で、自身玄関の下駄《げた》を庭へ廻し、再び暗い草原道《くさはらみち》へ出て行った。その時は既に暮れ切ってはいたが、河原は却《かえ》って涼みの人達で賑《にぎ》わった。彼は多少気がひけながらその方へ歩いて行った。

女の人は年とった方の人と縁へ坐《すわ》って涼んでいた。部屋には蚊帳《かや》が釣《つ》られ、その上に明かるい電燈が下がっていた。並んで川の方を向いている二人の顔は光りを背後《うしろ》から受けているので見られない代りに、此方《こっち》はそれを真正面《まとも》に受けねばならぬので、余り見る事が出来なかった。女の人は湯上りらしく白い浴衣《ゆかた》を不恰好《ぶかっこう》に角張《かくば》らして着ていた。そしてその角張った不恰好さも亦《また》彼には悪くなかった。二人は団扇《うちわ》を使いながら、しんみりと話込んでいた。

荒神橋まで往《い》ってあがり、今度は対岸を丸太町橋《まるたまちばし》の方へ引きかえした。遠く影絵のように二人の姿が眺められた。

橋の袂《たもと》から、彼は東山廻りの電車に乗った。丁度涼み客の出盛る頃で電車は込んでいた。彼は立った儘《まま》、*祇園の石段下まで行って、其所で降りた。

彼は自分の心が、常になく落ちつき、和らぎ、澄み渡り、そして幸福に浸《ひた》っている事を感じた。そして今、込み合った電車の中でも、自分の動作が知らず知らず落ちつき、何かしら気高くなっていた事に心附《づ》いた。彼は嬉《うれ》しかった。その人を美しく思ったという事が、それで止《とど》まらず、自身の中に発展し、自身の心や動作に実際にそれ程作用したという事は、これは全くそれが通り一遍の気持ではない証拠だと思わないではいられなかった。

………（中略）………

彼は自身のそれをどう進ます可《べ》きか、そういう事を考える気もなく、只《ただ》、彼に今、起っている快い和らぎ、それから心の気高さ、それらに浸《ひた》っていた。四条通を*お旅《たび》まで行き、新京極《しんきょうごく》の雑沓《ざっとう》を人に押されて抜けながらも彼の心は静かだった。そして寺町《てらまち》を真直《まっす》ぐに丸太町まで歩き、宿へ帰って来た。

志賀直哉（『暗夜行路』）

祇園の石段下・八坂神社の西門（四条通りに面する）の石段下。
お旅・お旅所（109ページ参照）。

◆後《のち》に妻となる人（直子）を謙作が見染めて恋をする心の過程――「全体これはどういう気持なのか」というところからはじめて、恋愛心理の本質的な微妙さまでを具体的に描いている。往路は、祇園石段下まで電車に乗っているが、その後《あと》、南北だけでも十を超える通りを歩いて帰るという、一種恋の狂気あるいは情熱《パッション》とも呼ぶべき行動とは裏腹に、心内の静謐さを獲得して行く。

右の文とは対照的に、見合いをした後の二人を描いた個所を付け加える。あまり気づかないところに新しい美を想像し発見して心をはずませ、静かな感動にひたる謙作――前文の情熱《パッション》に代わって、幸福に包まれた静謐の世界がここにはある。

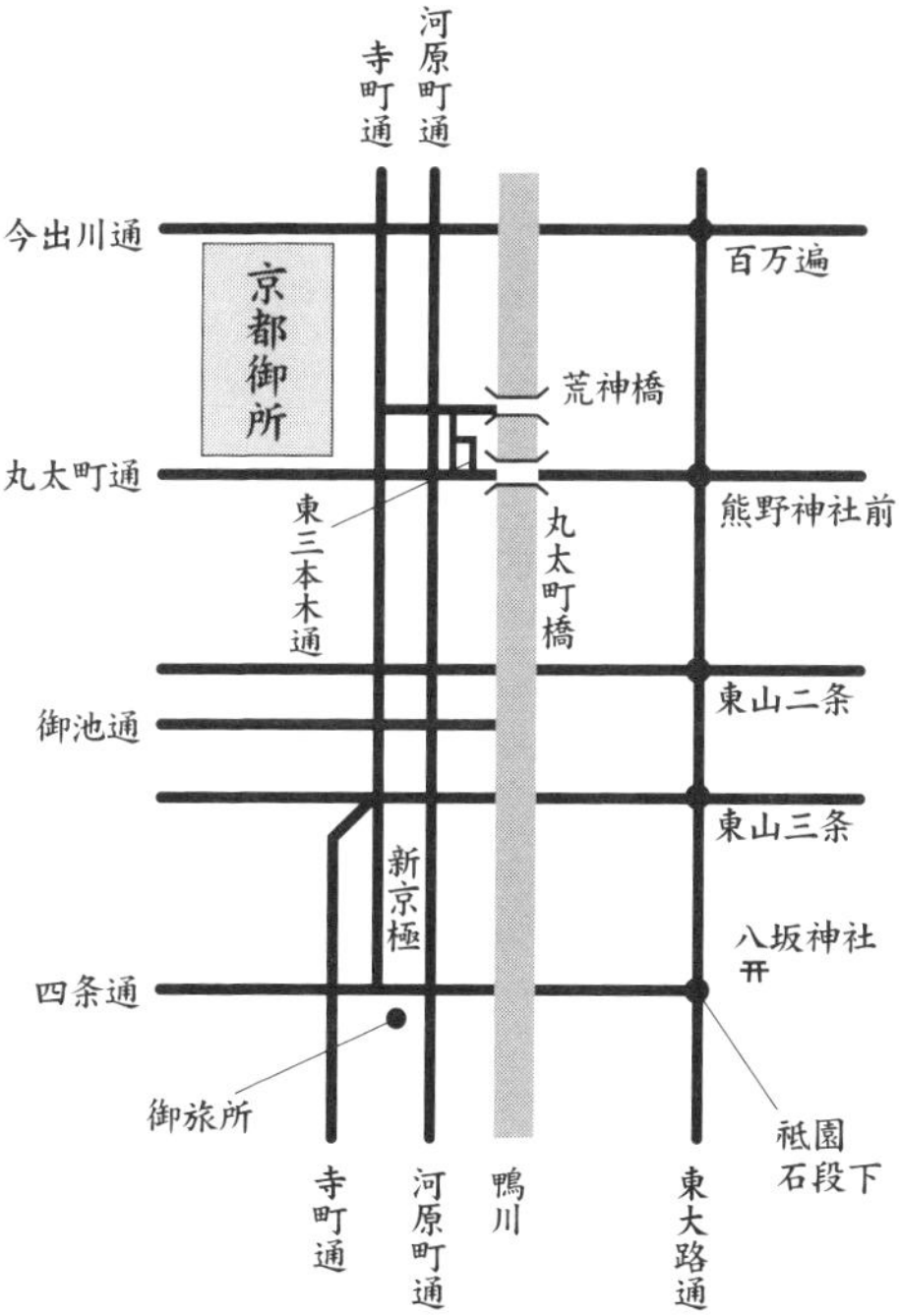

南禅寺の裏から疏水《そすい》を導き、又それを黒谷に近く田圃《たんぼ》を流し返してある人工の流れについて二人は帰って行った。並べる所は並んで歩いた。並べない所は謙作が先に立って行ったが、その先に立っている時でも、彼は後《あと》から来る直子の、身体の割りにしまった小さい足が、きちんとした真白な足袋《たび》で、褄《つま》をけりながら、すっすっと賢《かし》こ気《げ》に踏み出されるのを眼に見るように感じ、それが如何にも美しく思われた。そういう人が——そういう足が、すぐ背後《うしろ》からついて来る事が、彼には何か不思議な幸福に感ぜられた。

◆謙作の宿があった東三本木通りには、曽《かつ》て与謝野晶子の縁故の旅館「信楽《しがらき》」があり、多くの文人たちに愛された。

❖山紫水明処《さんしすいめいどころ》

東三本木通の南口に在る。鴨川に面する。頼山陽終焉の地。東山三十六峰（山陽の命名か）の翠巒《すいらん》（みどり色の連山）を朝夕に望みつつ、『日本政記』の稿をすすめた。

ちなみに、山陽の戒名は、山紫水明居士。墓は東山の長楽寺（63ページ）にある。

❖平安神宮《へいあんじんぐう》

社殿は平安京大内裏の正庁朝堂院を凡そ三分の二の大きさで模造してある。

延暦の昔思へばまぼろしに朱の廻廊を百官の来る　　吉井　勇

あの、神門をはいって大極殿を正面に見、西の回廊から神苑に第一歩を踏み入れた所にある数株の紅しだれ、――海外にまでその美をうたわれているという名木の桜が、ことしはどんなふうであろうか、もうおそくはないであろうかと気をもみながら、毎年、回廊の門をくぐるまでは、あやしく胸をときめかすのであるが、ことしも、同じような思いで門をくぐった彼女たちは、たちまち夕空にひろがっている紅の雲を仰ぎ見ると、皆が一様に、

「ああ。」

と感嘆の声を放った。この一瞬こそ、二日間の行事の頂点であり、この一瞬の喜びこそ、去年の春が暮れて以来、一年にわたって待ちつづけていたものなのである。彼女たちは、ああ、これでよかった。これで、ことしもこの花の満開に行き合わせたと思って、なにがなしにほっとすると同時に、来年の春も、

またこの花を見られますようにと願うのであるが、幸子ひとりは、来年、自分がふたたびこの花の下に立つころには、おそらく、雪子は、もう嫁に行っているのではあるまいか、花の盛りはめぐって来るけれども、雪子の盛りは、ことしが最後ではあるまいかと思い、自分としてはさびしいけれども、雪子のためには、なにとぞそうであってくれますようにと願う。正直のところ、彼女は、去年の春も、おととしの春も、この花の下に立ったときにそういう感慨に浸ったのであり、そのつど、もうこんどこそは、この妹と行をともにする最後であると思ったのに、ことしも、また、こうして雪子をこの花の陰にながめていられることが、不思議でならず、なんとなく、雪子が痛ましくて、まともにその顔を見るに堪えない気がするのであった。

谷崎潤一郎（『細雪』）

❖寺《て》町《らまち》二《に》条《じょう》

◇梶井基次郎『檸《れ》檬《もん》』

◆モデルとなった果物店、平成二十一年一月、店を閉じた。

平安神宮の桜

❖高瀬川《たかせがわ》

木屋町通り西を、紅燈の影をうつして流れる。慶長年間、方広寺大仏再興の資材を運ぶため、角倉《すみのくら》了以が開鑿した運河。木屋町二条下《さが》るに、史跡「一之船入」がある。両岸に維新の志士の遺跡が多い。

いつの頃であったか、たぶん江戸で白河楽翁候が政柄を執っていた寛政のころででもあっただろう。知恩院の桜が入相《いりあい》の鐘に散る春の夕べに、これまで類のない、珍しい罪人が*高瀬舟に乗せられた。

それは名を喜助と云って、三十歳ばかりになる、住所不定の男である。固より牢屋敷に呼び出されるような親類はないので、舟にも只《ただ》一人で乗った。（中略）

その日は暮方から風が歇《や》んで、空一面を蔽った薄い雲が、月の輪郭をかすませ、ようよう近寄って来る夏の温かさが、両岸の土からも、川床の土からも、靄《もや》になって立ち昇るかと思われる夜であった。*下京《しもぎょう》の町を離れて、加茂川を横ぎった頃からは、あたりがひっそりとして只舳《ただへさき》に割《さ》かれる水のささやきを聞くのみである。

夜舟で寝ることは、罪人にも許されているのに、喜助は横になろうともせず、雲の濃淡に従って、光の増したり減じたりする月を仰いで、黙っている。その額は晴やかで、目には微かなかがやきがある。

森　鷗外（『高瀬舟』）

高瀬舟・舷《ふなべり》が高く、屹水の浅い平底舟。

下京・126ページ参照。

一之船入（写真）・「船入」は「船溜り所」。九箇所あったうち、ここ木屋町二条下ルのは、ターミナルとして「一之船入」という。

高瀬川一之船入

❖御池大橋《おいけおおはし》

春の川を隔てて男女哉　　漱石

◆「木屋町に宿をとりて、川向の御多佳さんに」の前書きがある。大正四年、漱石は料亭「北《きた》大嘉《だいが》」に泊して病み、祇園「大友《だいとも》」の磯田多《た》佳女《かじょ》の看病を受けた。（谷崎潤一郎『磯田多佳女のこと』がある。）

句意、男女間、終《つい》に越えられぬ溝のあるを寓する。（漱石書簡「多佳女日記」などにより、その間の事情を知ることができる。）しかも、全体にただよう艶情が、この句を単なる理くつのものでなく、文学たらしめている。

橋の西南詰（北大嘉跡）に自筆の句碑が建っている。

「春の川」句碑

❖本能寺《ほんのうじ》

中京区寺町御池下ル東側。「本能寺の変」（一五八二年）の時は四条西洞院にあったが焼失、現在地に移建された（旧地は元本能寺町の名を伝える）。境内に信長の供養塔がある。

本能寺溝幾尺《いくせき》ぞ　吾が大事を就《な》すは今夕《こんせき》に在り
*茭粽《こうそう》手に在り*茭《こう》を併《あわ》せ食ふ　*四簷《しえん》の梅雨天墨の如し
*老《おい》の坂《さか》西に去れば備中の道　鞭《むち》を揚《あ》げ東《ひがし》に指せば天猶《なお》早し
吾が敵は正に本能寺に在り　敵は備中に在り汝能く備えよ

頼　山陽（『山陽詩鈔』）

茭粽・ちまき。「茭」は「まこも」。粽（ちまき）を包む皮。
茭を併せ食ふ・愛宕百韻（147ページ）満座の時、寺僧の供した愛宕ちまきを、光秀が沈思のあまり皮ごと口に運び、卒然として紹巴に、「本能寺溝幾尺ぞ」と尋ねたという。
四簷・「簷」は軒。
老の坂・丹波と山城の国境にある。酒呑童子の首を埋めたという「首塚大明神」がある。
愛宕山・（147ページ）参照。
小栗栖・（175ページ）参照。

❖近江屋《おうみや》

醤油商。河原町蛸薬師下ルに在った。
今、その跡地に、「竜馬遭難地」碑が立っている。

竜馬は、外科医のような冷静さで自分の頭をおさえ、そこから流れる体液を掌につけてながめている。白い*脳漿がまじっていた。

竜馬は突如、中岡をみて笑った。澄んだ、*太虚《たいきょ》のようにあかるい微笑が、中岡の網膜にひろがった。

「慎ノ字、おれは脳をやられている。もう、いかぬ」

それが、竜馬の最後のことばになった。言いおわると最後の息をつき、倒れ、なんの未練もなげに、その霊は天にむかって駈けのぼった。

天に意思がある。

としか、この若者の場合、おもえない。

天が、この国の歴史の混乱を収拾するためにこの若者を地上にくだし、その使命がおわったとき惜しげもなく天へ召しかえした。

この夜、京の天は雨気が満ち、星がない。

しかし、時代は旋回している。若者はその歴史の扉をその手で押し、そして未来へ押しあけた。

司馬遼太郎（『竜馬がゆく』）

脳漿・脳室内にある液体。
太虚・大空。虚空。
◆表現の気宇大なる、能く、若くして国家に殉じた青年志士への鎮魂詞たり得ている。

❖誠心院《せいしんいん》

新京極通六角下ル東側。
和泉式部供養塔（宝篋印塔）、式部座像がある。寺号は、式部の法名「誠心院智貞専意」に因《ちな》む。
また、池西言水《ごんすい》の墓がある。

つれづれと空ぞ見＊らるる＊思ふ人天降り来むものなら＊なくに　（『和泉式部集』）

らるる・自発。
思ふ人・敦道親王と思われる。
なくに・ない（こと）なのに。

凩《こがらし》の果《はて》はありけり海の音　言水

◆この句により、「木枯の言水」の異名を得た。

❖祇《ぎ》園《おん》

四条通りを挟み、北は新橋、南は建仁寺、西は縄手、東は東大路までの一帯の地域で、四条通り北部を北東より白川が流れる。

祇園小唄

月はおぼろに東山
かすむ夜ごとのかがり火に
夢もいさよふ紅さくら
しのぶ思ひをふりそでに
祇園恋しやだらりの帯よ

夏は河原の夕涼み
白い襟足ぼんぼりに
かくす涙の口紅も
燃えて身を灼《や》く大文字
祇園恋しやだらりの帯よ

——(以下略)——

長田幹彦

◆五線譜歌碑が円山公園瓢箪池畔《ひょうたんいけほとり》に立っている。因《ちな》みに作曲は佐々紅華。

清水へ祇園をよぎる桜月夜こよひ逢ふ人みな美しき　　与謝野晶子（『みだれ髪』）

***一力の縁に燕がはこび来し金泥《こんでい》に似る京の土かな**　　吉井　勇（『祇園歌集』）

一力・一力茶屋（万亭）。三月二十日（赤穂浪士切腹の元禄十六年二月四日を新暦に換算）一力亭で大石忌を営む。紅殻《べんがら》（黄赤を帯びた色。虫籠《こ》窓、駒寄せなどとともに京風家屋の特徴。）色の土塀が美しい。

にぎやかに都踊りの幕下りしのちの寂しさ誰に語らむ　　吉井　勇（『祇園歌集』）

◇竹田出雲ほか『仮名手本忠臣蔵』

華《はな》やぐ約束《やくそく》

*生《いき》稚児《ちご》の柔らかいくびと冠が好き
ほかには　*ふねぼこの
黒漆塗青貝らでんの大舵を見るのが好き
*鷁《げき》の目に　くわっと見下ろされ
見すくめられるのが好き
*あやがさぼこの傘の上の木彫漆の鶏が大好き
*とうろうやまの八稜鏡に
キラキラ　とまっているカマキリが好き
笛と掛け声　*とくさやまの銀兎の意匠
*あぶらてんじんやまの牛の目もいい
*はくらくてんやまのフランスの
古い *タペストリーでは女のゆたかな頬に
男がくちを寄せていて
ああ祇園まつりの人波にのがすまいとして
わたしを抱きよせるあなた
でも　いっとう好きなのは　*なぎなたぼこの

*真木《しんき》が大きくしないながら
宙を切り分けながら　近寄ってくる姿
金色と朱の噴きあがるような約束
あなたの愛は　やがて消えるにしても

青木はるみ（『ザ・フォト祇園祭』京都書院）

白楽天山タペストリー

◆祇園祭のうち山鉾《やまぼこ》巡行を歌っている。
祇園祭は、貞観十一年（八六九）、悪疫停止《ちょうじ》祈願のため、牛頭《ごず》天王を祭ったのを始めとする。毎年七月一日より三十一日の間行われる。（十六日宵山、十七日山鉾《やまぼこ》巡行が見もの）。

生稚児・人形の稚児に対して言う。長刀鉾《なぎなたぼこ》稚児を指している。（他に、「久世駒形稚児」がある）

ふねぼこ・船鉾。全体を船にかたどる。

鷁・鵜《う》に似て大形の想像上の鳥。風を得て疾飛する。「龍頭」とともに、船首に飾り、水患を防ぐまじないとする。

あやがさぼこ・綾傘鉾。鶏の作り物をつけた大きな傘と棒ふりばやし。

とうろうやま・蟷螂山。「蟷螂」は「かまきり」。御所車にかまきりを乗せ、からくりで動くようにしてある。

とくさやま・木賊《とくさ》山。御神体（人形）は腰に蓑をつけ、左手に木賊《とくさ》（トクサ科の常緑シダ植物）、右手に鎌を持つ。角金具は、とくさを輪郭に用いた軍配の中に銀の兎がいる構図。

あぶらてんじんやま・油天神山。菅原道真を祀った社殿をのせている。油小路通にあるのでこの名がある。また勧請の日が丑の日に当たっていたので、「牛天神山」とも呼ばれる。

はくらくてんやま・白楽天山。唐の詩人白楽天が、道林禅師に仏法の大意を問うところを表している。

タペストリー・窓や壁など――ここでは山鉾の前掛、胴掛、見送に掛ける刺繍や綴織。

なぎなたぼこ・長刀鉾。鉾先に大長刀《なぎなた》をつけているのでこの名で呼ばれる。毎年先頭を進む。（「くじ取らず」という）この鉾だけに、生稚児《いきちご》が、二人の禿《かむろ》を従えて乗る。

真木・鉾の中心にそびえ立つ木。

❖白《しら》川《かわ》

比叡山中に発し、北白川、鹿ヶ谷、南禅寺西を経て、鴨川運河（四条上ル）に注ぐ。

＊かにかくに祇園は恋し寝《ぬ》るときも枕の下を水の流るる

吉井　勇（『祇園歌集』）

かにかくに・かくにかくに。

◆作者二十五歳のとき、祇園縄手に近い茶屋「大友《だいとも》」に上がった時の作。白川畔（たつみ橋西）に歌碑がある。十一月八日、「かにかくに祭」が碑前で催される。
なお、嵯峨の奥、清滝川の岩壁にも、同じ歌を刻したレリーフがはめ込まれている。

「かにかくに」歌碑

この白川という川は、歴史や古典文学にも出て来る名高い川であるが、この達《とおり》で幅五間ぐらい、深さ三四尺のささやかな流れで、これがこういう人家の*櫛比《しっぴ》するせせこましい街中《まちなか》に、*暗渠《あんきょ》にもされずに残っているのは、やはり京都なればこそであろう。が、そういっても普通の堀割や溝川とは違って、水は清冽という程ではないが川床の砂利が見えるくらいに透き徹っており、いつもさやさやと咽《むせ》ぶが如き音を立てて細かい波を作りながら岸を洗って行くのである。川底は平らで、一面に同じような小石が並んでおり、浅いけれども常に一定の水を湛えて流れつつある。そして汀《みぎわ》の家々は、石崖が低いのでほとんど水面とすれすれに、しかもぴったりと岸に接して建っているので、舞妓が窓の欄干にでも靠《もた》れれば振袖の先が濡れるかと思えるくらいである。水と人家とがこんな風に親しみ合っている巷の情趣を、私は中國の蘇州などでは見たことがあるが内地では見たことがない。さればこのあたりの家に泊まれば何處でも*「枕の下を水の流るる」感じがするわけで、*大友《だいとも》に限ったことではないが、しかし*多佳女の居間であった三畳の室は、わけても水との縁が密接であったと思う。

谷崎潤一郎（『磯田多佳女のこと』）

櫛比・くしの歯のようにたくさん並んですき間がないこと。
暗渠・覆いをした地下水道。
「枕の下を水の流るる」・大友・「かにかくに」の歌、およびその歌注参照。（101ページ）
多佳女・「春の川を」の句注参照。（92ページ）

白川

❖四条大橋《しじょうおおはし》

ま、綺麗《きれい》やおへんかどうえ
このたそがれの明るさや暗さや
どうどっしゃろ紫の空のいろ
空中に女の毛がからまる
ま、見とみやすなよろしゅおすえな
西空がうっすらと薄紅い玻璃《はり》みたいに
どうどっしゃろええええなあ（中略）

虹の様に五色に霞んでるえ北山が
河原の水の仰山《ぎょうさん》さ、あの仰山《ぎょうさん》の水わいな
青うて冷たいやろえなあれ＊先斗町《ぽんと》の灯が
きらきらと映っとおすわ
三味線が一寸《ちょっと》もきこえんのはどうしたのやろ
芸妓《げいこ》はんがちらちらと見えるのに（下略）

＊村山槐多《かいた》（『槐多の歌へる』「京都人の夜景色」）

先斗町《ぽんと》・三条通りの南一筋目から四条通りまで、高瀬川と鴨川とに挟まれた狭長な地区。お茶屋、料理屋が軒を並べる。（「ポント」はもと、ポルトガル語で、「点」「洲崎」の意）。
村山槐多《かいた》・詩人・画家。京都で幼年期をおくり、中学時代から詩を書く。画家となり日本美術展で頭角をあらわすが、失恋、放浪、貧窮のうちに病み、大正八年、二十三歳で夭折。詩集『槐多《かいた》の歌へる』がある。

四条橋おしろいあつき舞姫の＊ぬかささやかに撲《う》つ夕あられ

与謝野晶子（『みだれ髪』）

ぬか・額。

祇園「一力」の正月

❖竹村屋橋《たけむらやばし》

以前、四条大橋の北に架けられていた仮橋。小説では「竹村橋」。「欄干の低い、何処となく野趣を帯びた粋な橋」（長田幹彦『祇園』）

闇には迷ひ、月見ては、悟るもよかろ、然《さ》りながら、
　私《わたし》や朧《おぼろ》夜《よ》何《なん》とせう、結ばれ解けぬもつれ髪。

二階の＊水調子《みづてうし》の糸を渡つて、祇園のお岸《きし》は微酔《ほろよひ》の小褄《こづま》を投遣《なげやり》に、片手を忘れた懐手《ふところで》。色《いろ》も直《なほ》つてほんのりとした微酔機嫌《ほろよひきげん》で、先斗町《ぽんとちょう》の川岸《かし》から、茶屋小《ちゃやこ》屋《や》の裏を縄手《なはて》へ通ふ近路《ちかみち》の、竹村橋《たけむらばし》へふらりと出て来た。……狭い橋で、並ぶと欄干へ擦《す》れ〳〵ぐらゐ。で、離れた前《さき》へ、日和下駄《ひよりげた》の音をかた〳〵、と其《それ》も蛙《かはづ》の鳴くやうな、真黒な姿は旅僧《たびそう》。

「一寸《ちょっと》お待ちやすや。……案内者《あんないしゃ》の私《あて》が後《あと》に成つて、何《ど》も成らんな、貴下《あんた》、一人で然《そ》やつて行《い》かはつたら迷子に成るえ。」と細《ほっそ》り優しいが冴えた調子。

立留《たちど》まつたやうであつた。

「まあ〳〵此処《ここ》だけは仔細《しさい》なささうだ。橋は一条《ひとすぢ》です。」

「私《あて》には二条《ふたすぢ》に見えるのンえ、ほゝゝ」と花やかに笑つて、左の欄干へ、ふら

りと寄る。ト遠あかりで、瞼《まぶた》もほんのり、そよぐ川風、軽い吐息《といき》。

「酔うたかいな、私《あて》、*貴下《あんた》はんの言うておくれやしたお庇《かげ》やな、嬉して、かなはんよつて、酔うたえ。沢山《たんと》飲んだえな。……

あの、お墓《はか》に居やはる人が亡《な》うならはつて此方《こっち》、恁《か》うした事《こと》一度もおへん。……*大可《たいか》へ行《い》て、お客はんに逢うたら、又《また》どないだすやろ。チヤラ〳〵電話かけて急《せ》かしやはつて、私《あて》、嫌ひや。貴下《あんた》もう行《い》かんと置《お》きや。」

旅僧《たびそう》は、がた〳〵と引返《ひっかえ》した。

「阿女《あなた》が承知で、参らんで済む事なら、其《それ》に上越《うへこ》した事はない。此《こ》のまゝ御免《ごめん》を被《かうむ》つて構《かま》ひませんか。」

「構います。構はいで何《ど》ないせう。……貴下《あんた》、御免被《ごめんかうむ》つて、何《ど》うしやはるンえ。」

「先刻《さっき》の人に、ことづけを阿女《あなた》に願つて、私《わし》は固《もと》より行脚《あんぎゃ》のものです。それ相応に参ります。」

「一人でな。」と軽く云う。

「誰と一緒に歩行《ある》きますな。」

「まあ、阿房《あほ》らし、」と莞爾《にっこり》して、

「然《そ》やつて別れるほどやつたら、早《はや》う畷《なはて》に行《い》にまつせ。其《それ》が可厭《いや》やよつてにな、此処《こゝ》で思案しとるのどす。薬湯《くすりゆ》の町の家《うち》へ行《い》たかて、座敷へ出ずと居《を》られへんし、何《ど》ないしよ。あゝ、」
と白い手で胸をたゝいて、
「嵯峨《さが》へなと走ろか。」と串戯《じょうだん》らしう真顔《まがほ》に成つた。

泉　鏡花（『祇園物語』）

水調子・河東節「傾城《けいせい》水調子」の略称。
貴下はんの言うておくれやした・「大丈夫、阿女《あなた》などは、百年の後、燃《や》いても狼玕と申す珠になる。」
大可・「一力《いちりき》と右左の、畷《なわて》の揚屋《あげや》」。（遊女を招《よ》んで遊ぶ家）

◆祇園、ほろ酔い機嫌の舞妓《まいこ》、橋桁《はしげた》を渡るカタ〳〵という下駄の音、粋《いき》な京ことば――とくれば、これはもう新派さながらの舞台である。舞妓の、旅僧に寄せるひそかな優情――それをわざと拗《す》ねてみせる屈折した感情が、はんなりした京ことばとともに伝わってくる。
ここに曽《かつ》て仮橋が架けられていたことなど、今、知る人はほとんどいないだろう。それは、よき時代のおはなしとともに夢と消えて、今あるのは、終日四条大橋の上を行き交《か》う人の群れ――雑踏と喧騒のみである。

❖御旅所《おたびしょ》

千重子は「御旅所」の前へ行って、蝋燭《ろうそく》をもとめ、火をともして、神の前にそなえた。*祭りのあいだは、八坂神社の神も、御旅所へ迎えることになっている。御旅所は、新京極を四条へ出たあたりの、南側にある。

その御旅所で、七度まいりをしているらしい娘を、千重子は見つけた。うしろ姿だが、一目でそうとわかる。七度まいりというのは、御旅所の神前から、いくらか離れて行っては、まだもどっておがみ、それを七たびくりかえすのである。そのあいだ、知り人に会っても、*口をきいてはいけない。

「おや」千重子はその娘に、見おぼえのある気がした。誘われるように、千重子もその七度まいりをはじめた。

娘は西へ行っては、御旅所へもどって来る。千重子は逆に、東へ歩いてはもどった。しかし、娘の方が千重子よりも、真心こめて、祈りも長い。

娘の七たびはすんだようだ。千重子は娘ほど遠く歩かないから、ほぼおなじころにおわった。

娘は食い入るように、千重子を見つめた。

「なに、お祈りやしたの?」と、千重子はたずねた。

「見といやしたか」と、娘は声をふるわせた。

「姉の行方《ゆくえ》を知りとうて……。*あんた、姉さんや。神さまのお引き合わせどす」

と、娘の目に涙があふれた。

たしかに、*あの北山杉の村の娘であった。

川端康成（『古都』）

祭りのあいだは・実際には、神輿が御旅所にとどまるのは、十七日夜から二十四日までである。

口をきいてはいけない・ここから「無言詣」とも言う。

あんた、姉さんや・（千重子心）「この山の娘は、ふた子だったと言う。実の父は、そのふた子の片割れの千重子を捨て子したことを、杉の木末で思いふけっていて、（「北山杉の枝打ちをしてて、木から木へ渡りぞこのうて落ちて、打ちどころが悪うて……。」）不覚にも落ちたのではないか。」

あの北山杉の村の娘・「北山杉」（36ページ）参照。

コラム

清浄歓喜団《せいじょうかんきだん》

何とも不思議な形、不思議な名前の菓子である。実は、奈良時代、遣唐使によってもたらされたいわゆる「唐くだもの」と聞いて納得。七種の香を混ぜた小豆餡を、小麦粉と米粉からできた生地で巾着型に包み、胡麻油で揚げる。

結びは八葉の蓮華を象《かた》どるという。歓喜天の好物とか聞いて、何やら怪しげなフンイキも。

祇園石段下・亀屋清永の主人が、月の一日と十五日に精進潔斎して調製する。

一個五〇〇円。著者にとっては、七〇円の時からの長いつきあいである。

清浄歓喜団

❖珍皇寺《ちんこうじ》

通称「六道さん」。本堂前を六道辻と称する。火葬場、「愛宕《おたぎ》」はこの所で（異説もある）、「愛宕寺旧蹟」の碑が立っている。愛宕念仏寺は現在奥嵯峨に移転。（「愛宕山」147ページ参照）。閻魔像、*小野篁《たかむら》の像を伝える。

限りあれば、*例の作法にをさめたてまつるを、母北の方、「おなじ煙にも*のぼりなむ」と泣きこがれ給ひて、御送りの女房の車に慕ひ乗りたまひて、愛宕《おたぎ》といふ所に、いといかめしうその作法したるに、おはしつきたる心地、*いかばかりかはありけん。

（『源氏物語』「桐壺」）

例の作法・火葬のこと。

のぼりなむ・のぼってしまおう（しまいたい）。

いかばかりかはありけん・どんなにか、まあ、悲しかったであろうか。

◇桐壺帝の寵愛を独占し、同輩の女御・更衣たちの嫉妬と迫害を受けて病死した桐壺更衣葬送の場面である。

小野篁・平安初期の官人にして、学者、歌人。不羈《ふき》（束縛されない。奔放に同じ。）の性格で、野狂、野宰相、野相公などと称された。承和五年（八三八）、遣唐副使として唐に出発に際し、大使藤原常嗣《つねつぐ》と争って乗船せず、ために、嵯峨上皇の怒りに触れ、隠岐に配流。百人一首にある「わたの原八十《やそ》島かけて漕ぎ出でぬと人には告げよあまの釣り舟」はその時に詠んだものである。

また、日中は内裏に勤め、夜は冥府に通い（そのとき入った井戸が本堂裏にある）、閻魔大王に仕えたという、『冥界還往伝説』、異母妹との恋を描いた『篁物語』がある。

＊金輪際《こんりんざい》わりこむ婆や＊迎鐘《むかえがね》　川端芽舎

金輪際・［仏教語］地層の最下底（風輪・水輪・金輪）転じて、最後の最後まで、とことんまでの意に用いる。
迎鐘・八月八・九・十日、珍皇寺六道詣と称し、参詣人が、精霊を迎えるために鐘をつく。
（「精霊送り」は46ページ「大文字山」参照）
なお、矢田寺（中京区寺町通三条上ル東側）で、八月十五、十六日、大文字送鐘供養が行われる。

❖六波羅蜜寺《ろくはらみつじ》

松原通大和大路東入轆轤《ろくろ》町。空也上人（醍醐天皇第二皇子）開基。もと西光寺（俗称六原の寺）。このあたり、庶民の無常所（葬場）であった。リアルな写実の上人立像、平清盛僧形座像などがある。西国巡礼の札所。

から鮭《さけ》も*空也の痩《やせ》も寒の内　芭蕉（『猿蓑』）

空也・空也念仏。俗にいわゆる鉢叩きのこと。十一月十三日の空也忌から四十八日間、洛の内外を、鉦を叩き踊躍念仏して歩く。蛸薬師通油小路西入ルに「空也堂」（極楽院光勝寺）がある。

◆寒中、修行に痩せた空也僧と、ひからびた乾鮭《からさけ》とをひびき合わせた「さび」の句。この句について、芭蕉は「心の味を云ひとらんと数日腸《はらわた》を絞るなり」と言ったという。「心の味」というのは、ものの本質的なにおい。

蚯蚓《みみず》鳴く六波羅蜜寺しんのやみ　川端茅舎

◆葱《ねぎ》、糸瓜《へちま》、蛤《はまぐり》、さては鳥《からす》などと同じように、みみずも、雅（和歌）の世界から敬遠され、閉《し》め出されてきた俗の歌材、言うなれば俳諧の世界のものである。そのみみずが鳴く。「え？　みみずが鳴くの？」読者は突然ブラック・ユーモアの世界に直面させられる。碩《せき》学（学問が広く深い）『大言海』の記すところを見よう。

「湿地ノ中ニ棲《ス》ミ、夜出デテ土ヲ食《クラ》ヒ、声清ク鳴ク……」「声清ク鳴ク」というのが泣かせる——と思ったら、今度は続けて、「或《アルイ》ハ云《イ》フ、コレミミズニアラズ、ケラナリト」と軽くいなされる。ニクイ。句に戻ろう。六波羅蜜寺（雅）と、みみず（俗）との取り合わせの妙。「真の闇」と言うに至って怪異は極《きわ》まる。

空也上人木像（六波羅蜜寺所蔵）

❖夕顔墓《ゆうがおのはか》

下京区堺町通り松原上ル夕顔町西、富江家の中庭に夕顔墓と称する宝篋印塔があり、九月十六日（夕顔の忌日八月十六日を陽暦に換算）、夕顔を飾り、夕顔忌が催される。江戸時代好事家の仮託である。

*切懸《きりかけ》だつものに、

いと青やかなるかづらの、心地《こゝち》よげにはひかかれるに、白き花ぞ、おのれひとり、ゑみの眉《まゆ》開けたる。

源「*をちかた人に物申す」

と、ひとりごち給ふを、御随身《みずゐじん》つい居て、

随身「かの、白く咲けるをなん「夕顔」と、申し侍る。花の名は人めきて、かう、あやしき垣根になん、咲き侍りける」

と申す。げに、いと小家《こいへ》がちに、*むつかしげなるわたりの、このもかのも、怪しく*うちよろぼひて、*むね〳〵しからぬ、軒のつまごとに、這《は》ひまつはれたるを、

源「くちをしの、花の契《ちぎ》りや。一房《ひとふさ》折りて参れ」

と、の給へば、この、押しあげたる門《かど》に入りて折る。さすがに、*ざれたる*遣戸口《やりどぐち》に、黄なる*生絹《すずし》の単袴《ひとへばかま》、長く着なしたる童《わらは》の、をかしげなる、出で

来て、うちまねく。白き扇《あふぎ》の、いたう*こがしたるを、
女童「これに置きて、参らせよ。枝もなさけなげなめる花を」
とて、とらせたれば、門《かど》あけて惟光《これみつ》の朝臣《あそん》出で来たるして、たてまつらす。
（『源氏物語』「夕顔」）

切懸だつ・切懸めいた。「切懸」は、柱に横板をよろい戸のように張った板べい。
をちかた人に物申す・「うち渡すをち方人に物申すわれ。そのそこに白く咲けるは何の花ぞも」（『古今』旋頭歌《せどうか》）。
むつかしげなる・むさくるしい。
うちよろぼひて・よろけ傾いて。
むね〳〵しからぬ・しっかりしていない。
ざれたる・しゃれた。風情《ふぜい》のある。
遣戸・引戸。
生絹・練《ね》らない生《き》のままの絹糸で織った織物。ごわごわしているので、主として夏の衣服に用いた。
こがしたる・香《こう》をたきしめてある。

◆夕ぐれのほの暗さの中に、笑《え》みこぼれるように咲く大輪の花は、十分挑発的である。半蔀《はじとみ》の簾垂《すだれ》越しに「をかしき額つきの透影《すきかげ》あまた見えてのぞく」――ヒロインの存在を予感させる作者の手法は心にくい。夕方に咲いて、明け方にはしぼんでしまう夕顔。童のさし出した扇にしみこんだ女の移り香に誘われて、源氏は悲劇への道を踏み出す。
花の象徴性を描いて、源氏物語五十四帖のうち屈指の場面である。

❖河原院址《かわらのいんあと》

五条橋西詰めを下った高瀬川のほとりに、「此附近源融河原院址」と刻した石柱がある。東本願寺飛地《とびち》「渉成園」（枳殻邸《きこくてい》とも）は、河原院を偲ばせる。
河原院（東六条第《てい》）は左大臣源融《とおる》（嵯峨皇子、157ページ「清涼寺」参照）の別荘。光源氏の六条院のモデル。

河原院にて、「荒れたる宿に秋来たる」といふ心を人々詠み侍りけるに

八重*葎《むぐら》しげれる宿のさびしきに*人こそ*見えね秋は来にけり

恵慶《えぎょう》法師

（『拾遺和歌集』秋）

葎・雑草。
人こそ・「秋は」と対する。
見えね・見えね（ど）の意。
◇謡曲「融」

コラム

何せうぞ

*何せうぞ　くすんで　一期《いちご》は夢よ　ただ狂へ

（『閑吟集』）

何せうぞ　くすんで・まじめくさってみたところで何としよう。

❖堀《ほり》川《かわ》

四条堀川から左に折れ、暗い道を川沿いにゆく。ショールに首を埋めたが、風は頬に冷たかった。電車が行く、――それは日本で最初に走った市内電車である。この線には1番の車体があり、明治何年かのスタイルをそのままに、今も走っている。かつて最も新しかったものが、現代では最も古いのだ。*紀和は自分の生活も停止させたらいけないと思う。*竹村との関係ももう断つべきであろう。十年前に卒業した、女学校の前を通った。暗く、ひっそりと静まっているが、懐しい。

三条を越えると、堀川の水音が高くなった。紀和はふと、耳を聳《そばだ》てる。河の水はそんなにあるはずはない。すべて両岸の町から流れ込む水の音だ。河の面は暗く、なにも見えないが、染料に染まった水が、間断なく落ち込んでいる河。昼見れば、赤も黄も、朱も青も、みんな一つに溶け合い、紐のようにからみ合って流れてゆく。そしてどこまでか下ったら、その色は一つも残らず消えてしまっているにちがいないのだ。

沢野久雄（『夜の河』）

紀和・京染屋㊥（堀川東、御池、姉小路通の間）の長女。
竹村との関係ももう断つべきであろう・竹村は大阪の大学教授（生物学）。竹村の妻（三年越し、病気で入院）の告別式に行った帰り、紀和は思う。「不幸な女の死を望んでいる人間がいる。他人の死を望むくらい酷薄な精神はないだろう」「私はそんなこと、考えたこともない。妻の死によって自由になった男は、また新しい妻を探せばいい。ただ、あたしは嫌だ」。

コラム

塔

京都で塔と言えば、まず東寺の塔。逆光の中に浮かぶ黒いシルエットは、ほとんど京都のシンボル化している。

次に、東山・下河原の八坂の塔――。塔を背景にしたなだらかな坂。ここは映画「暖春」で千鶴が歩いた道。そのどちらも、私たちにとっておなじみの構図である。

さて、その塔であるが、もとは、梵語ストゥーパ（Stupa）に由来する。音写して「卒塔婆《そとば》」。その上の「卒」を略して「塔婆」。更に下の「婆」を略せば「塔」となる。仏舎利（仏の骨）を安置し供養するためのもの――と、いうわけで、元来、国宝の五重塔も、一方、朽ちて苔蒸した卒塔婆あるいは塔婆も、本質的には何の変わるところはない。

❖壬生寺《みぶでら》

本尊は地蔵菩薩。壬生狂言は、中興の祖円覚上人が、融通大念仏布教のため工夫された仏教無言劇《パントマイム》（四月二十一日〜二十九日に行われる）。新撰組屯所《とんしょ》跡。

***鉦《かね》の音おなじ調べをくりかへし壬生寺の春も極まりにけり**　吉井　勇

鉦・小形の、たたいて鳴らす楽器。

◆ガンデン　ガンデンデンデン——暗い舞台の奥でたたく単調なくり返しは、春の季語「永日」、「遅日」にこそ相応《ふさわ》しい。土地の素人によって演じられる無言劇《パントマイム》の、古風で素朴でのんびりしたしぐさが春のけだるさの感情を増幅させる。まことや、京の春は今たけなわである。

日野草城に「うららかに妻のあくびや壬生念仏」の句がある。（蕪村の「逝く春や重たき琵琶の抱き心」の句を思い出すのもいいだろう）

壬生狂言「桶取」 イラスト：著者

❖ 鴻臚館《こうろかん》

王朝時代、朱雀大路と七条通との交叉点の北側、東西に在った。外国使臣接待の官舎。今、島原遊郭内角《すみ》屋の東の塀外（大門からの道の突当り）に、「東鴻臚館址」と刻した石標が立っている。

鴻臚館に北客に餞《はなむけ》する序

前途程遠し　思ひを＊雁山の暮《ゆう》べの雲に馳す
後会期遥かなり＊纓《えい》を鴻臚の暁の涙にうるほす

江相公

（『和漢朗詠集』巻下、「餞別」）

雁山・唐の雁門山（山西省太原付近）の略。
纓《えい》・冠の紐。
『平家物語』巻七「忠度都落」に記されて有名になった。

白梅《はくばい》や墨かんばしき鴻臚館

蕪村（『蕪村句集』）

◆白梅かおる鴻臚館の大広間——卓上ゆたかに紙をのべ、たっぷり墨を含ませた筆を走らす。文を作り、詩を賦し、時に筆談する。たちのぼる香気。白と黒の対比。典雅清爽の気に充ちた交歓風景は、異国趣味ゆたかな、蕪村の浪漫風作品である。

コラム

六番目の幸福

☆　六番目の幸福の宿——実に東洋風に聞こえるでしょう?
★　そうね、その通りね。でも、ヤンは、中国ではみんなが願う幸福は五つだと言ってたわ——富と長寿と健康と徳行、それに……。
☆　年老いて、安らかに往生すること。
★　そう。それで五つ。六番目の幸福って何?
☆　それは、あなたが自分で探し出すの。人はそれぞれ自分の心の中で、六番目の幸福とは何かを決める。

『六番目の幸福』(20世紀FOX、一九五八)
(☆)アテネ・セイラー
(★)イングリッド・バーグマン

❖羅《ら》城《しょう》門《もん》址《あと》

平安京の中央大通りである朱雀大路（現在の千本通とほぼ一致する）の南端に位置する総門。北端の朱雀門と対する。「羅生門」は、江戸時代以降の表記。

今、千本通九条大路上ル東側に、「羅城門遺址」と刻した石柱を残すのみ。

或《ある》日の暮方の事である。一人の下人《げにん》が、羅生門の下で雨やみを待っていた。広い門の下には、この男の外に誰もいない。唯《ただ》、所々丹塗《にぬり》の剥げた、大きな円柱《まるばしら》に、蟋蟀《きりぎりす》が一匹とまっている。羅生門が、朱雀大路《すざくおおじ》にある以上は、この男の外にも、雨やみをする*市女笠《いちめがさ》や*揉烏帽子《もみえぼし》が、もう二三人はありそうなものである。それが、この男の外には誰もいない。

何故《なぜ》かと云うと、この二三年、京都には、地震とか*辻風《つじかぜ》とか火事とか饑饉《ききん》とか云う災がつづいて起った。そこで洛中のさびれ方は一通りではない。旧記によると、仏像や仏具を打砕いて、その丹《に》がついたり、金銀の箔《はく》がついたりした木を、路《みち》ばたにつみ重ねて、薪《たきぎ》の*料《しろ》に売っていたと云う事である。洛中がその始末であるから、羅生門の修理《しゅり》などは、元より誰も捨てて顧《かえりみ》るものがなかった。するとその荒れ果てたのをよい事にして、狐狸《こり》が棲《す》む。盗人《ぬすびと》が棲む。とうとうしまいには、引取り手のない死人を、この門へ持って来て、棄てて行くと云う習慣さえ出来た。そこで、日の目が見えなくなると、誰でも気味を悪《わ》るがって、この門の近所へは足ぶみをしない事に成ってしまったのである。
芥川龍之介（『羅生門』）

市女笠・菅で凸字形に編み、漆を塗った笠。もと、市女（女商人）が用いたので名がある。平安中期以降には、貴人の外出用となった。
揉烏帽子・かぶとの下にかぶる烏帽子。揉んでやわらかく作る。
辻風・旋風。
料・材料（代《しろ》・代用）。

◆このあと、楼上に登った下人は、そこで、生きるために死人の髪を抜く老婆を見つけ、老婆を蹴倒して、その着物を剥ぎ取り、「黒洞々《こくとうとう》たる」夜の闇の中に姿を消す。
以上は、平安の昔のおはなしであるが、羅城門に絡《から》んだ怪談は現代にもある。

ＪＲ京都駅ビル設計国際コンペで、黒川紀章、安藤忠雄両氏がそれぞれ羅城門をイメージした設計を提出したが選に落ちた。後日、審査員の一人梅原猛氏が、ＪＲ西日本の「あきれた体質」による談合審査を内部告発したのである。

◇『今昔物語』巻二十九、（「羅城門ノ層《コシ》ニ登リテ死ニシ人ヲ見タル盗人ノ語《コト》第十八」）
◇謡曲「羅城門」
◇黒沢明「羅生門」

❖下《しも》京《ぎょう》

御所を中心とし、貴族、武家、豪商の住む上京《かみぎょう》に対し、下京《しもぎょう》は中小商人の小家が蝟集《い》(蝟《はりねずみ》の毛のように、群がり集まる)する南部地域を言う。

下京《しもぎょう》や雪つむ上の夜の雨

凡兆

(『猿蓑』)

「兆(凡兆)、汝手柄に此冠を置くべし。若しまさるものあらば、我二度俳諧をいふべからず」(『去来抄』)

◆「雪つむ上の夜の雨」という自然の景の暖か味に配するのに、「下京」という、語感も含めて、庶民の町の親しみやすさ、なつかしさの情をもってした。不即不離の取り合わせの妙を味わうべき。

コラム

鰶《このしろ》の

鰶《このしろ》の字のあはれはかなき夏の夜の酢《す》にひたしつつひとを思はむ

山中智恵子(『夢の記』)

洛西（衣笠山辺）

——春の夢、朧気に咲き

平野神社の桜

❖大徳寺《だいとくじ》

人生七十　*力囲*希*咄《とつ》
*吾が這《こ》の宝剣　祖仏共殺《ぐぜつ》す
提《ひっさ》ぐる我が得具足《えぐそく》の一つ太刀　今この時ぞ天に抛《なげう》つ
千　利休
（藤村庸軒聞書『茶話指月集』）
力囲・驚き、嘆きの声。えいっ、やあ。
希・強めの助字。
咄・力囲と同じ。
吾が這の宝剣・粟田口吉光の名刀。
この世に生きて七十年、えーい、こん畜生。おれのこの名刀で、仏陀も祖師もみんな殺してくれるわ！
◆利休、大徳寺山門金毛閣上に、己が木像を掲げ、秀吉の勘気（君主や父から、しかりとがめられること）を蒙り、天正十九年（一五九一）二月十八日自刃。右は遺偈《ゆいげ》（自らの悟境を韻文形式で遺《のこ》したもの）と辞世和歌である。利休墓は、大徳寺塔頭聚光院、および、南宗禅寺（堺市南旅籠町）に在る。

◇岡倉天心『茶の本』

❖高桐院《こうとういん》

大徳寺塔頭《たっちゅう》（「南禅寺」注（55ページ）参照）の一。細川ガラシャ（明智光秀の娘）、夫忠興（三斎）の墓がある。灯籠墓で、千利休秘蔵の逸品。

高桐院参道

❖衣笠《きぬがさ》

衣笠山南東麓一帯の地。北山とも。王朝時代以来の行楽地。金閣寺、等持院などがある。

春告鳥

*衣笠の古寺の*侘助《わびすけ》椿の
たおやかに散りぬるも陽に映えて
そのひとの前髪僅《わず》かにかすめながら
水面へと身を投げる

鏡のまどろみのくだかれて
錦の帯の魚のふためいて
同心円に拡がる紅《べに》のまはりで
さんざめくわたしの心

春の夢　朧《おぼろ》気《げ》に咲き
春の夢　密《ひそ》やかに逝《ゆ》く

古都の庭先野辺の送り
ふりむけばただ閑《しず》かさ

*化《あだし》野《の》の古宮の嵯峨竹の
ふりしきる葉洩れ陽にきらめいて
そのひとのこぼした言葉にならない言葉が
音も無く谺《こだま》する

足元に蟠《わだかま》る薄《うすら》氷《ひ》に
靄《もや》めいた白い風立ちこめて
*春告鳥の問いかける別離《わかれ》に
たじろぐわたしの心

春の夢　朧《おぼろ》気《げ》に咲き
春の夢　密《ひそ》やかに逝く
古都の庭先野辺の送り
ふりむけばただ閑《しず》かさ

さだまさし（CDアルバム『夢供養』）

衣笠の古寺・等持院。
侘助椿・椿の一種。初冬から春にかけて、小形の白い花をつける。
化野の古宮・野宮神社。（160ページ参照）
春告鳥・うぐいす。
五五五調。典雅な古語の奏でる清閑の和旋律。
◆「供養した夢の中で一番想い出深いのは、やっぱりこれは失恋でしょうね。」「だけど、そこに置いていかざるを得なくなることって人間あると思います。それに対するお詫びだね。供養するってことは。」（さだまさし）
更に知りたいと思う人には、同じＣＤアルバム「夢供養」の中の「まほろば」を勧める。

コラム

明治一代女

怨みますまい　この世のことは
仕掛花火に似た命
もえて散る間に　舞台が変わる
まして女は　なおさらに

藤田まさと（『明治一代女』）

❖金閣寺《きんかくじ》（鹿苑寺《ろくおんじ》）

足利三代将軍義満が造営した北山殿（のち義満の菩提寺となる）のうち北御所の舎利殿。昭和二十五年放火により焼失、三十年復原再建された。


「こんなことを伺っては失礼になるのだろうが、あなたなどは、どういうお宅のお嬢さんなのだろうな。」

「内……ですか。」

「お父さまは、何をしておいでです。」

「職業で御座いますか。」

「そう。」

伴子は、ふと、何かに押し出されたような心持になって、はっきり云った。

「父は、海軍で御座いました、もと。」

「海軍？」

と、恭吾は目を上げて伴子の顔を見て、

「それは。」

と、呟いた。

籠《こも》っていた意味はわからなかったが、響きは深く、調子は複雑な色合を帯びていて、伴子の胸に軽い動揺を呼び醒《さま》した。父親は、何かを感じたのであろうか。言葉は切れていた。夏の午後の静けさがあたりを支配していた。

竜門の滝、鯉魚石と立札に示して、岩組に滝とは云えない水の落ちているところがある。その前に、ふたりは出ていたのである。楓が、枝を差し伸べて明るい影を地面に落していた。

「それで、」

と、ゆっくり恭吾は云った。

「お父さまは御健在なのですな。」

自分の父親と信じている男の顔を、伴子は大きな目で見まもり、強く頷いて見せた。

………（中略）………

「それは、よかった。」

と、恭吾はそのまま云った。

「どうも、人が死に過ぎた。」

ふいと、伴子は、自分も知らずに抑え切れない微笑を泛《うか》べた。意地の悪いような心持がどこかに潜んでいた。自分の前にいる行儀が平静で体格も堂々とした父親が、その静かな故に、可笑しくて、可哀想な弱いもののような気がして来るのだった。まだ伴子と知らないんだわ。そう思ったばかりに、伴子は、躯《からだ》までほてって来そうに妙に気持が明るくなり、顔色も輝き出した。

何か云いたそうに彼女は唇を動かした。そして、父親に向けている瞳はいたずらを企てている小さい子供の目のように不逞《ふてい》で、無邪気で、きらきらしたものに変って来ていた。

父親は何も知らずに云い出した。

「私も海軍にいたことがある。あなたくらいのお嬢さんのある方だと、兵学校もあまり違っておらん筈《はず》のように思うが。」

伴子は不意にそれを遮《さえぎ》った。

「お父さま。」

と、素直に、すらすらと口に出て、

「あたし、伴子なんです。」

大仏次郎（『帰郷』）

◆公金費消の罪をかぶって、無国籍者として海外に亡命していた元海軍将校、守屋恭吾は、終戦によって二十年ぶりに日本に帰国する。静かで明るい午後の金閣寺の庭を歩きながら、初めて見る父の前に名乗って出るまでの娘伴子の緊迫した心の動きと高まりを描く作者の筆は精緻で格調高い。

それにしても金閣の美しさは絶える時がなかった！ その美はつねにどこかしらで鳴り響いていた。耳鳴の*痼疾を持った人のように、いたるところで私は金閣の美が鳴りひびくのを聴き、それに馴れた。音にたとえるなら、この建築は五世紀半にわたって鳴りつづけて来た小さな琴のようなものであったろう。その音が途絶えたら……

――私は激甚の疲労に襲われた。

幻の金閣は闇の金閣の上にまだありありと見えていた。それは燦《きら》めきを納めなかった。水ぎわの*法水院《ほっすい》の*勾欄はいかにも謙虚に退《しりぞ》き、その軒には天竺様の*挿肘木《さしひじき》に支えられた*潮音洞の勾欄が、池へむかって夢みがちにその胸をさし出していた。庇は池の反映に明るみ、水のゆらめきはそこに定めなく映って動いた。夕日に映え、月に照らされるときの金閣を、何かふしぎに流動するもの、羽搏《はばた》くものに見せていたのは、この水の光であつた。たゆたう水の反映によって堅固な形態の縛《いまし》めを解かれ、かかるときの金閣は、永久に揺れうごいている風や水や焔のような材料で築かれたものかと見えた。

その美しさは儔《たぐ》いがなかった。そして私の甚だしい疲労がどこから来たかを私は知っていた。美が最後の機會に又もやその力を揮《ふる》って、かつて何度となく私を襲った無力感で私を縛ろうとしているのである。私の手足は萎《な》えた。今しがたまで行為の一歩手前にいた私は、そこから再びはるか遠く退いていた。

三島由紀夫（『金閣寺』）

痼疾・持病。
法水院・三層の楼閣のうち、一階の名。
潮音洞・同じく、二階の名。（三界は究竟頂《くきょうちょう》）
勾欄・欄干。
挿肘木・柱にさしこんだ肘木。（上からの重みを支える横木）

◆裏日本の、日本海に面した寒村の寺の子として生まれ、生来の吃りという劣等感にとらえられた「私」は、幼時から金閣の美しさを、住職である父から、たびたび聞かされて育った。長じて、金閣寺の徒弟僧となった「私」は、自分の内部に、金閣寺に対する愛憎の感情を育《はぐく》んで行く。やがて、金閣（美）から疎外されていると思った「私」は、金閣に放火することを決意する。「最後の別れを告げるつもりで眺める私」の前に、金閣は、金剛不壊《ふえ》の美を誇るがごとく凝然《ぎょうぜん》として屹立する。

◇水上勉『五番町夕霧楼』

❖瑞春院《ずいしゅんいん》

相国寺塔頭《たっちゅう》。上田万秋筆「雁の襖絵」がある。

◇水上勉『雁の寺』

❖竜安寺《りょうあんじ》

石庭のほか、鏡容池・竜安寺垣など、賞すべきものがある。

この庭の＊遅日の石のいつまでも　虚子

遅日・「永日」とも。春の季。蕪村に、「遅き日の積りて遠き昔かな」の句がある。石の不動不滅を言うのにふさわしい。

石庭　―亡き高安敬義君に―

むかし、白い砂の上に十四箇の石を運び、きびしい布石を考えた人間があった。老人か若い庭師か、その人の生活も人となりも知らない。だが、草を、樹を、苔を否定し、冷たい石のおもてばかりみつめて立った、ああその＊落寞たる精神。ここ竜安寺の庭を美しいとは、そも誰がいい始めたのであろう。ひとはいつもここに来て、ただ自己の苦悩の余りにも小さきを思わされ、慰められ、そして美しいと錯覚して帰るだけだ。

井上　靖（『北国』）

落寞・ものさびしいさま。

❖仁和寺《にんなじ》

仁和四年（八八八）。宇多天皇が建立され、法皇となられてから寺内にお住みになったので、俗に御室、または御室の御所。遅咲き低樹、多弁の桜で有名。

◇『徒然草』第五十二・三段（「石清水八幡宮」191ページ参照）。

❖双ヶ丘《ならびがおか》

仁和寺南に、北より一の丘・二の丘・三の丘と並ぶので名づける。兼好、晩年ここに住む。

契りおく花と*ならびの岡の上に哀れ幾世の春をすぐさむ　兼　好（『自撰和歌集』）

◆「ならびのをかに無常所まうけてかたはらに桜をうゑさすとて」の詞書がある。長泉寺（双ヶ岡東麓）に、歌碑と、兼好墓（真偽疑わし）とがある。

ならび・「花と並び」と「双《ならび》の岡」と掛けことば。

❖法金剛院《ほうこんごういん》

ＪＲ山陰本線「花園」すぐ近く。待賢門院璋子（鳥羽天皇中宮）により復興。庭園は平安末期の遺構（「青女の滝」、蓮池など有名）。

長からむ心も知らず黒髪の乱れて今朝は物をこそ思へ

待賢門院堀河
（『千載和歌集』）

◆『小倉百人一首』に採られた有名な歌。堀河は待賢門院に親侍した女房の一人。院政期歌壇を代表する女流歌人。境内に歌碑がある。

コラム

天神の山には

天神の山には祭ありて獅子踊あり。ここにのみは軽く鹿たち紅き物いささかひらめきて一村の緑に映じたり。獅子踊というは鹿の舞なり。鹿の角を附けたる面を被り童子五六人剣を抜きてこれとともに舞うなり。笛の調子高く歌は低くして側にあれども聞きがたし。日は傾きて風吹き酔いて人呼ぶ者の声も淋しく女は笑い児は走れどもなお旅愁をいかんともするあたわざりき。

（柳田国男『遠野物語』序文）

洛西（嵯峨野辺）

——今ひとたびの行幸《みゆき》待たなむ

❖高山寺《こうざんじ》

高山寺を訪れる者は、再建開祖明恵上人の稀有の清らかな人格に思いを致すべきである。開山堂の宝篋印塔は上人の遺髪塔で、関西最古調のもの。鳥羽僧正の「鳥獣戯画」(国宝絵巻。東京国立博物館出陳)を伝える。石水院も見るべきである。

あかあかやあかあかあかやあかあかあかやあかあかあかや月　　明恵

◆「名月の夜さえ、午後の八時を過ぎねば現れないという深い谷底の月である。京中で最も狭い天を仰いで、京の数ある月の名所を巡って人を感動させてきた最後の月を拝していられた古と今の上人の尊さを合せ思ったことである。」(保田与重郎「京あない」)

◇明恵上人『夢の記』

❖神護寺《じんごじ》

本尊薬師如来、五大虚空蔵は、密教芸術の名品。中興の文覚上人墓が裏山頂上に在る。石造美術の逸品である。国宝の銅鐘（序詞は橘広相《み》、銘文は菅原是善、書は藤原敏行）は天下三鐘の一で、世に三絶の鐘と称する。（「声は円城寺、形は平等院、銘は神護寺」）

◇平家物語、巻五「文覚荒行」「勧進帳」「文覚被流」
◇芥川龍之介「袈裟と盛遠」

❖清滝《きよたき》

清滝川。京都西北栈敷《さじき》ヶ岳に発し、愛宕《あたご》山東麓を南流して保津川に注ぐ。上流は北山杉の産地。中流は、栂尾《とがのお》、槇尾《まきのお》、高雄のいわゆる三尾《さんび》の紅葉で知られ、奇勝に富む。

清滝や波に散りこむ青松葉　芭蕉

◆名実ともに清冽な清滝川の奔流に、青嵐に吹きちぎられた青松葉が散りこむ——清爽そのものの情景である。

ほととぎす嵯峨へは一里京へ三里水の清滝夜のあけやすき　与謝野晶子（『みだれ髪』）

◆吉井勇書の鋳銅板歌碑が、錦雲渓対岸の岩に嵌《は》め込まれている。頭光《つむりひかる》に「ほととぎす自由自在に聞く里は酒屋へ三里豆腐屋へ二里」の狂歌がある。

❖愛宕山《あたごやま》

山頂に愛宕神社。火の神を祭る。山麓に愛宕念仏寺（112ページ「珍皇寺」参照）がある。

＊時は今天《あめ》が下知る五月かな　光秀
水上まさる庭の夏山　＊行祐
花落つる流れの末を（池の流れをィ）せきとめて　＊紹巴

◆天正十年（一五八二）年、五月二十七日　明智光秀、中国出陣を前にして愛宕大権現に参詣。夜、宿坊威徳院において「愛宕百韻」を興行。

「時は今」・「時」に、光秀の本姓「土岐」を通わす。
行祐・主人の威徳院行祐。
紹巴・里村紹巴・連歌師。「天が下知る（領する）」より、光秀がその叛意を発句に寓したのを感悟し、句を以て諌止の意を示した。
六月二日未明、亀山城から老の坂を越え、本能寺を急襲。（93ページ参照）
◇鶴屋南北「時桔梗出世請状《ときもききょうしゅっせのうけじょう》」

❖化《あだし》野《の》

仇野、徒野とも書く。「あだ」は「空しい」の意。洛東鳥辺野（69ページ参照）、洛北蓮台野（舟岡山より西、紙屋川に至る地域）とともに荼《だ》毘《び》所（墓地）として知られ、古来風葬の地として聞こえる。念仏寺がある。累々（たくさん重なっているさま）櫛比《しっぴ》（くしの歯のようにたくさんならんですきまのないこと）の無縁石塔が境内を埋め、無常迅速の感甚深である。また西院《さい》（賽）の河原の伝説がある。八月二十四日地蔵盆などの日に千灯供養が行われる。境内の竹林が美しい。

暮るる間も待つべき世かはあだし野の末葉の露に嵐立つなり

式子《しきし》内親王（『新古今和歌集』）

誰とても留るべきかは化野の草の葉ごとにすがる白露

西行（『山家集』）

あだし野の露消ゆる時なく、*鳥辺山の烟《けぶり》立ち去らでのみ住みはつるならひならば、いかに物のあはれもなからむ。世は定めなきこそいみじけれ。

（『徒然草』第七段）

鳥辺山・69ページ参照。

◆仮りに、あだし野の露がいつまでも消えず、鳥辺山の煙がいつまでも消えず、それと同じように、人もいつまでも生き続けて死なないとしたら、どんなにかもののあわれがないことであろう。この世のものすべては、一定不変ではなく、無常（変わる）である。だからこそ妙趣があるのだ。

あだし野念仏寺（正面の山は、五山送り火の曼荼羅《まんだら》山）

コラム

格子

格子《こうし》・「かく（格）し」の音が転じて「こうし」となった。細い角材をチェックに組み合わせ、戸や窓として用いたもの。京風建築を代表する建具。畳が日に焼けるのを防ぐ用をなすほか、外から見られないで、逆に内からひそかに外を見る便がある。

紅殻《べんがら》**格子**・紅殻は黄を帯《お》びた赤色の染料。成分は酸化第二鉄。一説に、インドのベンガル地方に産したことからその名が起こったとする。

千本格子・（竪の目の細かいのをいう。）

春浅き日かげうつろふ紅殻の格子続ける上嵯峨の道

大島一郎

（『わがちちにあはざらめやも』）

❖祇《ぎ》王《おう》寺《じ》

往生院跡。庵主は智照尼。曽《かつ》て大阪(新地)の名妓。祇王・祇女墓、妓王・妓女・仏御前・清盛像がある。

萌え出づるも枯るるも同じ野辺の草いづれか秋に*あはで果つべき　祇王

(『平家物語』巻一、「祇王」)

あはで・会わないで。

◆仏御前を萌え出ずる草に、自らを枯るる草によそえ、仏御前にも凋落《ちょうらく》(「凋」は「しぼむ」)の秋の訪れることをほのめかしている。

コラム　**余死するの時**

余死するの時、後人もし余が墓など建てむと思はば、この浄閑寺の*塋域《えいいき》娼妓の墓乱れ倒れたる間を選びて一片の石を建てよ。石の高さ五尺を越ゆべからず。名は荷風山人墓の五字を以て足れりとすべし。

永井荷風(『断腸亭日乗』)

塋域・墓地。

❖滝口寺《たきぐちでら》

滝口入道と横笛の悲恋を伝える。奈良法華寺に横笛像と伝えるものを存する。

斯《か》くて横笛は教へられしままに辿《たど》り行けば、月の光に影暗《かげくら》き、杜《もり》の繁みを徹《とほ》して、微《かすか》に燈の光《ひかり》見ゆるは、げに古《ふ》りし庵室と覚しく、隣家とても有らざれば、*闃《げき》として死せるが如き夜陰の静けさに、振鈴《しんれい》の響《ひびき》さやかに聞ゆるは、若しや尋ぬる其人《その》かと思へば、思ひ設けし事ながら、胸轟《とどろ》きて急ぎし足も思はず緩《ゆる》みぬ。思へば現《うつゝ》とも覚えで此處《ここ》までは来りしものの、何と言うて世を隔てたる門《かど》を敲《たゝ》かん、我が眞《まこと》の心をば如何なる言葉もて打ち明けん。うら若き女子《をなご》の身にて夜を冒《をか》して来つるをば、*蓮葉《はすは》のものと卑下《さげす》み給はん事もあらば如何にすべき。将《はた》また、*千束《ちつか》の文《ふみ》に一言《ひとこと》も返さざりし我が無情を恨み給はん時、いかに應《いら》へすべき、など思ひ惑ひ、恥かしさも催されて、御所《ごしょ》を抜出《ぬけい》でしときの心の雄々《をを》しさ、今更《いまさら》怪しまるゝばかりなり。斯《か》くて果《は》つべきに非《あら》ざれば、辛《ようや》く我れと我身に思ひ決め、ふと首を擧《あ》ぐれば、振鈴の響耳に迫りて、身は何時《いつ》しか庵室の前に立ちぬ。月の光にすかし見れば、半ば頽《くづ》れし門の廂《ひさし》に蟲食《むしば》みたる一面の古額《ふるがく》、文字は危げに往生院と讀まれたり。

高山樗牛（『滝口入道』）

閴として・ひっそりとして人けがない。

蓮葉・女の軽はずみで下品なこと。

千束の文・たくさんの手紙。

◇『平家物語』巻十「横笛」

◆横笛が、滝口入道からおくられた「千束の文」で自らの像を作り、仏道に精進したと伝える。

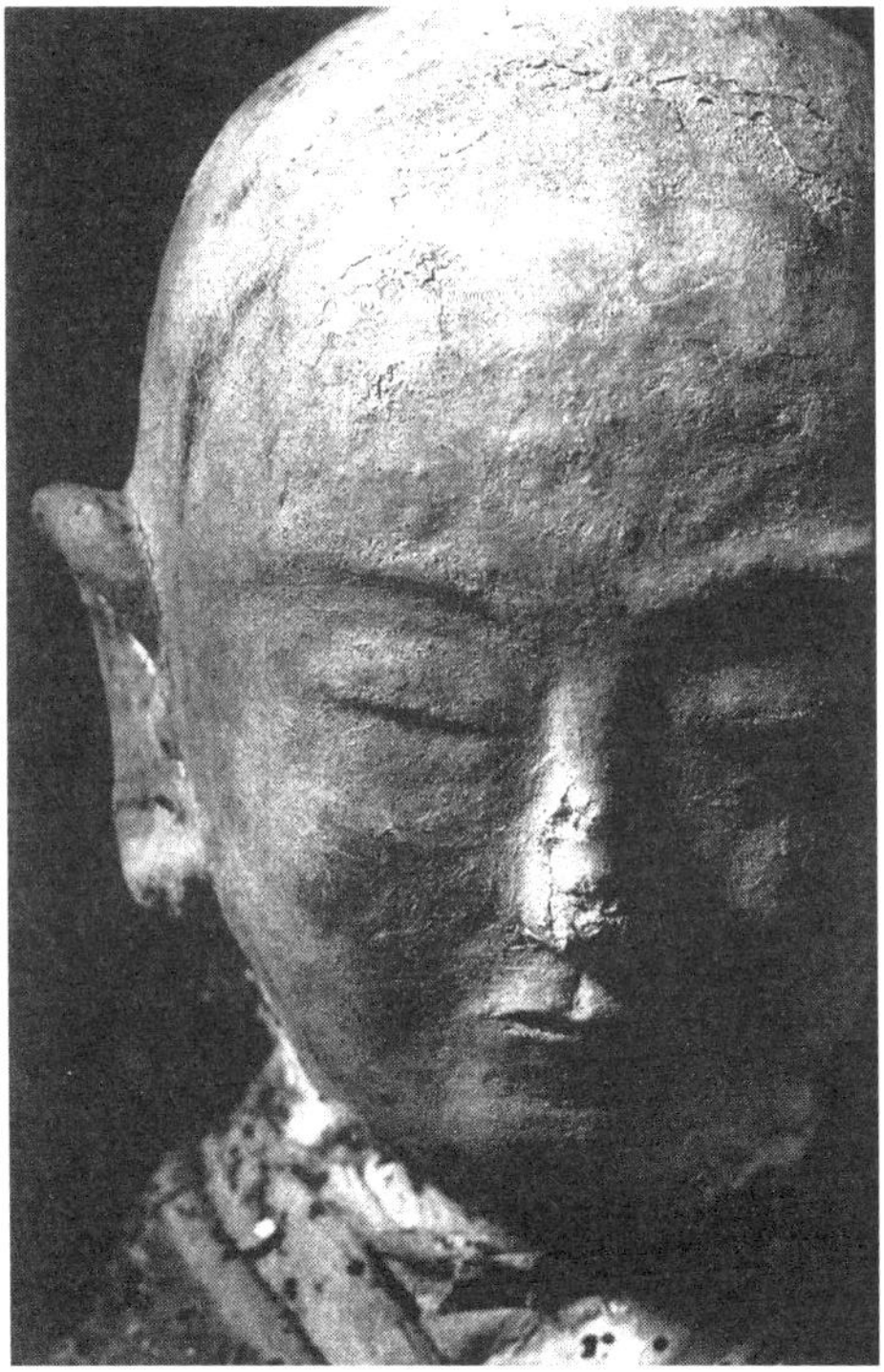

『法華寺 横笛尼像』
（井上博道・『美の脇役』・智恵の森文庫）

❖嵯《さ》峨《が》野《の》

ほととぎす大竹藪を洩る月夜　芭　蕉（『嵯峨日記』）

車折《さき》神社に句碑がある。簇《そう》々（むらがるさま）たる竹藪は曽《かつ》て嵯峨野の好景物であった。

夕暮を花にかくるる小狐の*にこ毛にひびく北嵯峨の鐘　与謝野晶子（『みだれ髪』）

にこ毛・和毛。鳥獣の薄くやわらかな毛。

*おくれなば尼にならむといふ人と嵯峨野の虫をきく夕かな　谷崎潤一郎

おくれなば・「おくる」は「生き残る」。

◆鈴鹿野風呂に、「嵯峨の虫いにしへ人になりて聞く」（大沢池——次条「大覚寺」参照——南畔に句碑がある）の句がある。

大河内山荘への道

❖大覚寺《だいかくじ》

嵯峨天皇離宮跡。よって嵯峨御所ともいう。東に日本最古の苑池大沢池を控える。嵯峨未生流の大本山。

滝の音は絶えて久しくなりぬれど*名こそ流れて猶聞えけれ

藤原公任《きんとう》

（『拾遺和歌集』巻八、雑）

名こそ流れて・滝の名（評判）だけは世に広まって。「流れ」は滝の縁語。

◆大沢池北に「名古曽滝跡《なごそ》」がある。大覚寺滝殿として百済河成の作るところ。日本最古の石組である。

嵯峨（写真）・大沢池北畔にある。嵯峨流を大成した辻井弘洲の喜寿の賀に建立された。

嵯峨（竹内香邨書）

❖清涼寺《せいりょうじ》

◇謡曲『百万』

三国伝来の一木彫の釈迦如来立像を蔵する。「釈迦堂」の俗称ある所以《ゆえん》である。

光源氏の嵯峨の御堂のモデル。左大臣源融《とおる》の山荘「棲霞観」があった（境内に源融《とおる》宝篋印塔がある）。また、嵯峨天皇、壇林皇后の塔、夕霧太夫の墓がある。

❖二尊院《にそんいん》

◇川端康成『美しさと哀しみと』

本尊は、一または三尊を常とするが、ここは、釈迦、弥陀の二尊を安置する。よって名がある。

祇王寺裏へ抜ける小径（途中に三条西実隆、角倉了以のほか、鎌倉期の墓碑が多い。）は風情がある。また、時雨亭の旧跡がある。

❖落柿舎《らくししゃ》

向井去来隠栖地。裏手の墓域に去来墓がある。遺髪を埋める。一尺余の自然石に「去来」とのみ彫る。（51ページ「真如堂」参照）

凡そ天下に去来程の小さき墓に詣りけり　虚子

◆庭内に句碑が立っている。

五月雨《さみだれ》や色紙*へぎたる壁の跡　芭蕉（『嵯峨日記』）

へぎたる・はぎ取った。

◆五月雨の薄暗く、しめっぽい季感と、色紙のはがれた壁跡の侘しい情景が、調和している。庭内に句碑が立っている。

柿主や木ずゑは近きあらし山　去来

（『風俗文選』「落柿舎の記」）

◆「落柿舎の記」に、庭の柿の実（四十本分）を京からの商人に売った後《あと》、一晩で柿の実が落ちるという珍事が起こった。気の毒に思って商人に金を返してやったという話があって、その後《あと》にこの句がある。

『風俗文選通釈』に、この句意を解いて、「あらし山の近ければ落つるとの心なるべし」とある。

同じ趣向の歌に、

情しめひと春はいくかも嵐山名にさそはれて花もこそ散れ　祇園梶子

というのがある。嵐山の「嵐《あらし》」に、幾日《いくか》も「あらじ」と「荒らし」を掛けている。

庭内に、去来筆の句碑が立っている。車折《くるまざき》神社にも句碑がある。

コラム

落柿舎の

落柿舎の門辺に掛けし笠蓑のかそけき旅の心*ともしも

大島一郎

(『わがちちにあはざらめやも』)

ともし・羨ましい

❖野《の》宮《みや》

伊勢斎宮の一年籠居潔斎地の跡。小柴垣と黒木の鳥居と、昔ながらのすがたを伝える。この辺り、嵯峨野の風趣をわずかに存している。

はるけき野辺を分け入り給ふより、いと物あはれなり。秋の花、みな衰へつつ、浅茅が原も、*かれがれなる虫の音に、松風すごく吹きあはせて、*そのこととも聞きわかれぬ程に、*ものの音ども、たえだえ聞えたる、いと艶なり。……（中略）…物はかなげなる小柴を、*大垣にて、板屋ども、あたりあたり、いとかりそめなり。黒木の鳥居どもは、さすがに神々しう見渡されて、*わづらはしき気色なるに、神官《かんづかさ》の者ども、ここかしこにうちしはぶきて、おのがどち物うちいひたるけはひなども、外にはさま変りて見ゆ。*火焼屋かすかに光りて、人げなくしめじめとして、ここに*物思はしき人の、月日隔て給へらむ程をおぼしやるに、いといみじうあはれに、心苦し。

（『源氏物語』「賢木」）

◇謡曲『野宮』

かれがれなる・枯れ枯れの浅茅と、とぎれとぎれに鳴き細っている虫の音に言い掛けている。

そのこととも・何の曲とも。
ものの音・楽器の音。
大垣・総囲いの垣。
わづらはしき気色なるに・恋のための訪問は気がひける様子である上に。
火焼屋・神饌調理のための建物。
物思はしき人・六条御息所。

コラム

むかし世は

むかし世は蜻蛉《あきつ》にて候《そろ》　空をゆく雲とならむののぞみ放たず

山中智恵子（『夢の記』）

❖小倉山《おぐらやま》

大堰《おおい》（井）川を挟み嵐山と対する。東山麓の常寂光寺内に、藤原定家が百人一首を撰んだ小倉山荘時雨亭跡がある。（異説がある。）

*亭子院《ていじのいん》の*大井川に御幸《ごこう》ありて「行幸《ぎょうこう》もありぬべき所なり」と仰せ給ふに、「ことのよし奏せむ」と申して

小倉山峰のもみぢ葉心あらば*今ひとたびの行幸《みゆき》待たなむ

*小一条太政大臣貞信公

（『拾遺和歌集』巻十七、雑秋）

亭子院・宇多上皇。
大井川・大堰《おおい》川。嵐山辺の呼称。（上流を保津川、下流を桂川と呼ぶ。）
今ひとたびの行幸待たなむ・もう一度の（醍醐天皇の）行幸まで（散らないで）待っていてほしい。
小一条太政大臣・藤原忠平。関白基経の子。貞信公はおくり名。

◆車折《くるまざき》神社に歌碑がある。

❖嵐《あらし》山《やま》

六月《ろくがつ》や峰に雲置くあらし山　芭蕉
（『笈日記』ほか）

◆嵐山と言えば、春（桜）・秋（紅葉）の優雅な嵐山が思い浮かぶ。ところがこれは剛健な盛夏炎天の嵐山である。支考の「古今抄」に「六月《ろくがつ》と音に吟ずべし、人もしみな月と訓に唱《とな》へば、語勢に炎天のひびきなからんぞ」とある。「峰に雲置く」の表現も、それに応じて力強い。
大悲閣への登山口に句碑がある。

清滝川

❖小督塚《こごうづか》

渡月橋北畔にある。「清閑寺」(71ページ参照)。近くに「琴聞橋」がある。

まことや、*法輪はほど近ければ、月の光に誘はれて参り給へることもやと、そなたへ向いてぞあくがれける。*亀山のあたり近く、松のひとむらある方に、かすかに琴ぞ聞えける。峰のあらしか松風か、尋ぬる人の琴の音か、おぼつかなくは思へども、駒を早めて行くほどに、片折戸したる内に、琴をぞひきすまされたる。*ひかへてこれを聞きければ、少しもまがふべうもなく、小督の殿の爪音なり。楽は何ぞと聞きければ、夫を想うて恋ふとよむ、*想夫恋といふ楽なりけり。

(『平家物語』巻六、「小督局上」)

◆平清盛(娘徳子は高倉天皇の中宮)をはばかり、嵯峨野に隠棲した小督局(高倉天皇の寵姫)を、源仲国が、勅命を奉じて探しもとめるくだりである。

法輪・法輪寺。渡月橋南に在る。日本最古の虚空蔵菩薩(福徳智慧を授ける)を安置する。旧暦三月十三日の縁日は、〃十三詣〃として有名。

亀山・大堰《おおい》川(嵐山辺より下流、桂川までを称する。古来歌枕として著名)に臨み、嵐山と対する。天竜寺方丈庭園借景の山。

ひかへて・手綱を引き馬を留めて。

想夫恋・「想夫恋という楽は、女男を恋ふるゆゑの名にはあらず、本は相府連、文字のかよへるなり」（『徒然草』第二一四段）

◇謡曲「小督」

コラム **肌ざわりは**

肌ざわりはやわらかいくせに芯《しん》は冷たい。けれど、舌をやけどするほど熱うなることもある。

大村しげ（『京都火と水と』）

コラム

父星

今でもまぶたを閉じると、釣好きなお父さんのことがいろいろ浮かんで来ます。

お父さん！

お父さんは覚えていらっしゃるでしょうか。映画の嫌いなお父さんが、前にも後にもただ一度、私の誘いにとうとう腰を上げて、釣の映画を観に行った時のことを。映画の中の釣は観ているうちに必ず釣れるので、誘った私は気が軽く、冷房の利いたM劇場で、はじめて私と並んで腰かけたお父さんの横顔を、私は得意気に何度も盗み見しました。

大島一郎（『ラジオドラマ・父星』）

洛西（大原野）

――あたら桜の咎《とが》にはありける

紅葉の善峰寺

❖大原野神社《おおはらのじんじゃ》

「みかどこの京に移らしめ給ひては、また近くふりたてまつりて（仁明天皇嘉祥三年（八五〇）、左大臣冬嗣、春日明神を南都より勧請）大原野と申す。」（『大鏡』「道長」）

*二条の后のまだ東宮の御息所《みやすんどころ》と申しける時に
大原野に詣で給ひける日よめる

大原や*小塩の山もけふこそは*神代のことも思ひ出づらめ
在原業平
（『古今和歌集』巻十七、雑上）

二条の后・清和天皇の女御藤原高子。
小塩の山・山に鎮座まします天児屋根命《あめのこやねのみこと》（藤原氏の祖先である氏神）。後世、慈鎮（慈円）、西行、木下長嘯子らが、この山に隠棲している。
神代のこと・命が天孫瓊々杵命《ににぎのみこと》の降臨を補佐せられたこと。

◆「あなたも、私との昔のことを思い出しておいででしょうね」の意を託している。（「十輪寺」170ページ参照）。
この歌、『伊勢物語』第七十六段に、やや詳しい事情とともに載っている。

❖勝持寺《しょうじじ》

境内に桜樹多く、「花の寺」とも言う。西行が当寺で出家したとも伝え、ゆかりの西行庵、西行桜がある。

花見んと群れつつ人の来るのみぞ*あたら桜の*咎《とが》にはありける

西行

（謡曲『西行桜』）

あたら・惜しいことに。

咎・欠点。過ち。

このあと花の精が現れて、「あたら桜の咎」などといわれるすじのないことを申し開きするかのように咲いていているよしを謡う。

この歌、『山家集』に、「閑《しず》かならんと思ひける頃花見に人々のまうで来ければ」の詞書で見える。

❖十輪寺《じゅうりんじ》

在原業平が晩年に入山、生を終えたところ。塩焼くけむりに託し、毎月一・十五日、花の寺（前掲）に参詣の二条の后（前掲）に思いを伝えた跡と伝える。五月二十八日業平忌に三弦法要が営まれる。後丘に業平墓と伝える宝篋印塔がある。

❖光明寺《こうみょうじ》

法然上人荼毘《だび》（火葬）の跡がある。楓の名所。

浄土門ここにはじまる＊照紅葉　野風呂

照紅葉・「光明（寺）」の意を響かせてある。

◆境内に句碑がある。

大原野神社

❖長岡《ながおか》

桓武天皇延暦三年（七八四）平城京より長岡京へ遷都。翌年、造長岡宮使藤原種継暗殺事件に連座し、早良親王皇太子を廃して乙訓《おとくに》寺に幽閉され、絶食のまま淡路に護送の途次、山崎で絶命。延暦十三年、平安京に遷都後、親王の怨霊の祟りをおそれ、崇道天皇と諡《おくりな》された。

むかし、をとこありけり。身はいやしながら母なん宮なりける。その母、長岡といふ所に住み給ひけり……（中略）……
老いぬれば*さらぬ別れのありといへばいよいよ*見まくほしき君かな
……（中略）……
世の中に*さらぬ別れの*なくもがな千代もと祈る人の子のため
（『伊勢物語』第八十四段）

さらぬ別れ・避けることのできぬ別れ。死別。
見まくほしき・見むことが欲しい。会いたい。
なくもがな・なければいいがなあ。

◆小塩山麓上羽に、伊登（都）内親王（業平母）の墓がある。

洛南

——いさよふ波の行方《ゆくへ》知らずも

宇治橋上から

❖随心院《ずいしんいん》

山科小野にある。小野小町ゆかりの寺。

❖小栗栖《おぐる(り)す》

天正十年（一五八二）、山崎合戦に敗れた明智光秀は、敗走の途中、この地において土民に槍で刺し殺された。明智藪がある。また北の山科勧修寺に至る路傍に明智塚がある。亀岡市（京都府）の谷性寺に光秀の首塚がある。

*逆*順ニ門無し　大道心源に徹す
五十五年の夢　醒め来れば*一元に帰す

明智光秀
（『明智軍記』）

◆光秀、辞世の句。

逆・主君に反逆し、殺逆《しぎゃく》する（殺す）。
順・主君に順《したが》い、仕える。
一元に帰す・死して土に返り、根本に帰る。

逆、順いずれに就《つ》くべきか――迷いは、もはやふっ切れた。すでに心に決した今、心に一点のかげりもない。今こそ大事を決するの秋《とき》ぞ。思えば、五十五年、戦国武将としての夢の涯《はて》が、かくもおおけなく（身分不相応な・だいそれた）、禍々《まがまが》しい結果になろうとは。

◇岡本綺堂『小栗栖の長兵衛』

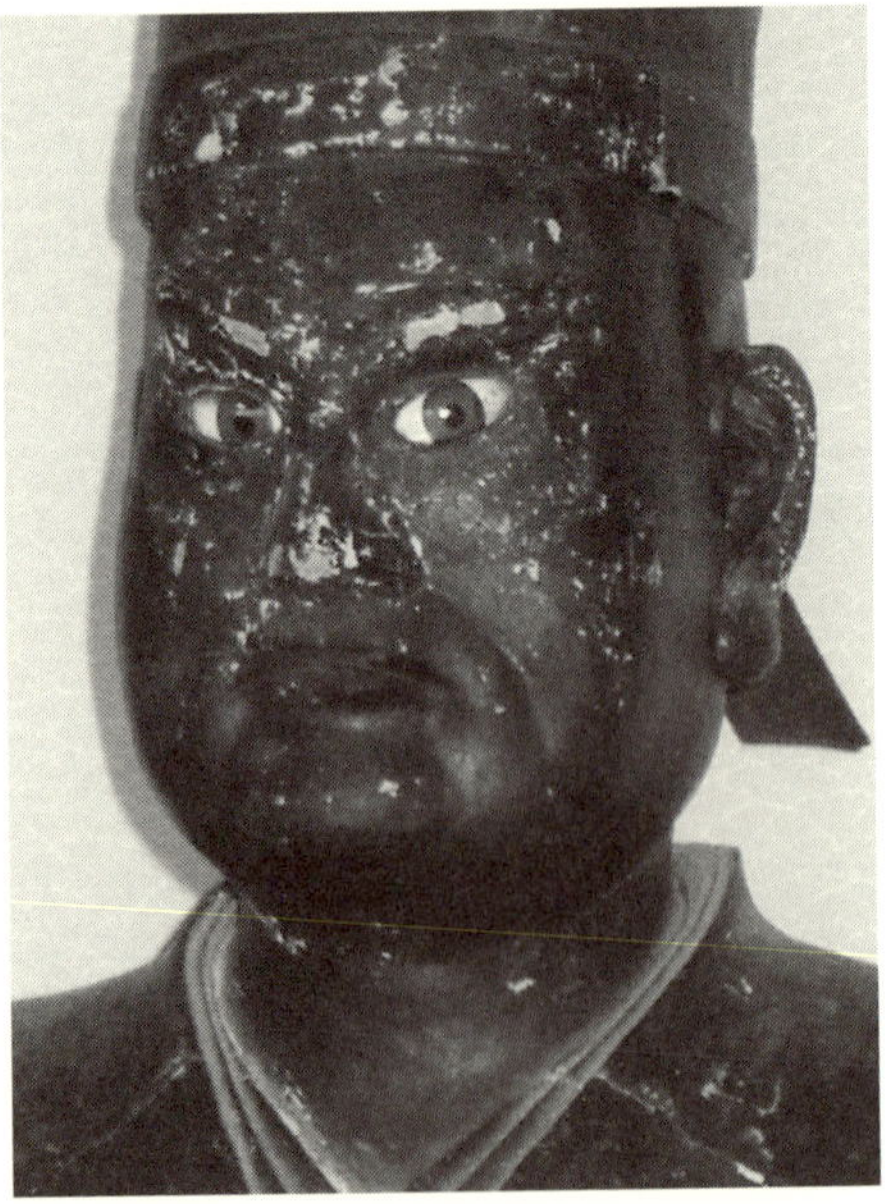

明智光秀木坐像（京都市右京区・慈眼寺資料提供）

❖日《ひ》野《の》

法界寺の東約七〇〇メートルの山腹の方丈跡に「長明方丈石」の刻碑が立っている。
また、法界寺より醍醐へ通ずる道の西側の民家の間に重衡塚がある。

いま日野山のおくにあとをかくしてのち、東に三尺余の*ひさしをさして、しばをりくぶるよすがとす。南にたけの*すのこをしき、その西に*あかだなをつくり、北によせて障子をへだて、阿弥陀の絵像を安置し、そばに普賢をかけ、まへに法華経をおけり。東のきはにわらびの*ほどろをしきて、よるのゆかとす。西南に竹のつりだなをかまへて、くろき*かはこ三合をおけり。すなはち、和歌、管絃、往生要集ごときの抄物をいれたり。かたはらに琴、琵琶おのおの一張をたつ、いはゆる、をり琴、つぎびはこれ也。かりのいほりのありやうかくの如し。

鴨　長明（『方丈記』）

ひさしをさして・尾根びさしをさし出して。
すのこをしき・縁側をこしらえて。

あかだな・「あか（閼伽）」は仏に供える水。
ほどろ・穂の延びてほほけたもの。
かはこ・革張りのつづら。「こ」は「籠」。

◇『平家物語』、巻十一「重衡被斬《しげひらのきられ》」

◆南部焼打ちなど、怨嗟《えんさ》の的《まと》であった重衡も人の子、母親との別れの場面など涙なくして読めない。
その墓は埃《ほこり》立つ陋巷に、身を狭《せば》めるようにしてある。

法界寺参道踏石

❖深《ふか》草《くさ》

*夕されば野べの秋風身にしみて *鶉《うずら》鳴くなり深草の里

藤原俊成

（『千載和歌集』巻四、秋）

夕されば・夕方になると。

鶉・深草は「月」「鶉」の名所。

◆いわゆる「幽玄」（優艶で余情がある）の歌。且《か》つ、俊成自讃の歌として名高い。

「これをなむ身にとりてのおもて歌（面目となる歌）と思ひ給ふる」（『無明抄』）

この歌、『伊勢物語』第一二三段を典拠としている。

「飽きがた」になった（飽きかけてきた）男の歌。

年を経て住み来《こ》し里を出でて往《い》なばいとど深草野とやなりなむ

（「今よりもっと草深くなる」と、地名の「深草」とを掛けている。）

女の応えた歌。

野とならば鶉《うずら》となりて鳴き居らむ狩にだにやは君は来《こ》ざらむ

（狩りにでも（仮りにでも）来てくださらぬことがありましょうか、きっと来てくださる）。

「狩り」に「仮り」を掛ける。鶉となった私を殺す狩人としてでもよいから来てください。という身を捨てての訴えに、男は心を動かし思い止まったとある。

「力をも入れずして天地《あめつち》を動かし、目に見えぬ鬼神《おにがみ》をもあはれと思はせ、男女《おとこおんな》の中をも和《やわ》らげ、猛《たけ》き武士《もののふ》の心をも慰むるは歌なり」（『古今和歌集』序）を思わせる挿話である。

❖墨染寺《ぼくせんじ》

京阪「墨染」駅西。一名「桜寺」。

深草の野辺の桜し心あらば今年ばかりは墨染に咲け

上野岑雄《かんつけのみねお》

（『古今和歌集』巻十六、哀傷）

◆太政大臣藤原基経（時平の父）の死を悼んで詠んだもの。歌に感応して薄墨色に咲いたという墨染桜で有名。

コラム

さくらふぶきの

さくらふぶきの下を　ふららと歩けば
一瞬
名僧のごとくにわかるのです
死こそ常態
生はいとしき蜃気楼《しんきろう》

茨木のり子（『さくら』）

❖欣浄寺《ごんじょうじ》

◇謡曲「通小町」「卒塔婆小町」

墨染寺（前項）の西。深草少将邸跡と伝える。少将と小野小町の供養塔ほか、二人のゆかりの史跡がある。

❖西岸寺《さいがんじ》

わが衣《きぬ》にふしみの桃のしづくせよ　芭蕉

◆西岸寺の住職任口《にんく》上人を同門のよしみで訪ねたときの句。同寺に句碑がある。

❖木幡《こはた》

一書に曰く、*近江天皇、聖躰*不豫御病急《にわ》かなる時、
*大后の奉献《たてまつ》る御歌一首
*青旗の木幡の上を*かよふとは目には見れども直《ただ》に逢はぬかも
（『万葉集』巻二、一四八）

近江天皇・天智天皇。
不豫・帝王の病みたまうこと。
大后・皇后。倭姫王。
青旗の・「木幡」の枕詞。
かよふ・御魂が天がける。（歌意と題詞とそぐわない。ちなみに、天智天皇陵は山科陵に在る。なぜ山科なのか、また、なぜ木幡なのか。天智暗殺説のある所以《ゆえん》である）

◆地蔵山（「こわた」駅東木幡山南麓）斜面は、藤原氏一門の塋域《えい》（墓地）で、宇治陵と称する（古くは「木幡墓地」とも）。一条天皇中宮彰子、帥宮敦道親王（◇『和泉式部日記』）らの十七陵三墓および藤原時平・道長・頼通などの古墳が散在する。なお、木幡字登に、時平塚（◇谷崎潤一郎『少将滋幹の母』）その他がある。

❖万福寺《まんぷくじ》

黄檗《おうばく》宗の大本山。明の隠元禅師の開山。一山、中国風のたたずまいを見せる。

*山門を出づれば日本ぞ茶摘うた

菊舎尼（『手折菊』）

山門・山（寺院。ここでは万福寺）の門。

◆（楼門、廻廊から椅子に至るまで、一山すべて中国風の）山門を出たら、たまたまのどかな茶摘み唄が聞こえてきた。——ああ、日本だなあ。

中国と日本の雰囲気を対比させた詠み口は、男性的で力強い。

山門前に句碑が立っている。

魚梆《かいばん》（食事を知らせるためにたたく）　万福寺

❖ 宇《う》治《じ》

*浼浼《べんべん》たる*横流
*修修たる征人
重深に赴《おもむ》かんと欲し
古《いにしえ》従《よ》り今に至るまで

其《そ》の疾《はや》きこと箭《や》の如《ごと》し
騎《うま》を停《と》めて市を成す
人馬命を亡ふ
*航葦《こうい》を知る莫《な》し

◆宇治橋断碑。常光寺（俗に橋寺）放生院境内に在る。大化二年（六四六）、奈良元興寺の僧道登が架橋した由来を刻してある。現存する日本最古の石碑。ただし、上部の二十四字のみ大化の書で、下部の七十二字は、寛政の復元にかかる。断碑と称する所以である。

浼浼・盛んなさま。
横流・ほしいままに流れる。
修修・一説に「テウテウ」とよみ、行くさま。
航葦・小舟。

近江国より上り来る時、宇治河の辺に至りて作る歌

*もののふの八十氏河の網代木に*いさよふ波のゆくへ知らずも

柿本人麻呂

(『万葉集』、巻三、二六四)

宇治橋断碑（放生院 資料提供）

もののふの八十・「宇治川」の「氏」を引き出すための序詞。
いさよふ・停滞する。
◆題詞から、壬申の乱で荒廃した旧都近江京への懐古の情を抜きにしては詠めない。

さむしろに＊衣片敷き今宵もやわれを待つらむ＊宇治の橋姫　よみ人しらず
（『古今和歌集』、巻十四、恋四）

衣片敷き・独り寝をいう。
宇治の橋姫・もと宇治橋の守護神。ここは、宇治に隠し住まわせた愛人に譬えた。
◆宇治橋西詰北に橋姫神社古跡、南に橋姫神社がある。

わが庵は都の＊たつみ＊しかぞ住む＊世をうぢ山と人はいふ＊なり　喜撰法師
（『古今和歌集』、巻十八、雑下）

たつみ・辰巳（東南）。辰巳大明神（京都、祇園白川）、辰巳芸者（江戸深川）、それぞれ京都御所、江戸城の東南にあたる。
しか・然《しか》。このように（心静かに）。下の「憂し」に対するの意。
世をうぢ山・「世を憂」と「宇治山」と言い掛ける。宇治山の一支峰に喜撰山があり、喜撰法師の旧栖地とされている。
なり・推定。（「ようだ」）

二月《きさらぎ》の二十日のほどに、*兵部卿の宮、*初瀬にまうで給ふ。ふるき御願なりけれど、*おぼしもたゝで、年頃になりにけるを、*宇治のわたりの御中宿りの*ゆかしさに、多くは、もよほされ給へるなるべし。*「うらめし」といふ人もありける里の名の、なべて睦まじう思さるゝゆゑも、はかなしや。

（『源氏物語』「椎本」）

兵部卿の宮・匂《におう》の宮。
初瀬・奈良県桜井市にある長谷寺観音のこと。古来信仰をあつめた。
おぼしもたゝで・「おぼしたつ」は「思い立つ」の尊敬語。それに「で」（ずて）が付いて、否定の意味になる。
ゆかしさ・心惹かれること。
「うらめし」といふ人もありける・「うらめし」は、ここでは「憂し」の意。「ける」は過去の伝聞。

（たとかいう）「うらめしい人」は、前出喜撰法師を指している。

◆匂宮にとって、長谷寺参詣は、以前からの念願であったが、今まで思い立たれることなく、ついつい今日まで来てしまった。それが、今になって急に参詣する気になられたのは、他《ほか》でもない、姫君たちのいる宇治に中宿りをする楽しみが増《ふ》えたからである。

「憂地《うじ》」を連想させることから、「宇治《うじ》の里」には暗いイメージがあるが、その宇治だけでなく、宇治に関するすべてのものまでが、匂宮にとっては、なつかしく、親しく思えてくるというのだから、思えば他愛のないことではある。（これも一種のフェティシズム）

「怪しうつらかりける契りどもをつくづくと思ひ続けながめ給ふ夕暮、*蜻蛉《かげろう》の物はかなげに飛びちがふを
ありと見て手には取られず見れば又ゆくへも知らず消えし*蜻蛉《かげろう》
あるかなきかの」
（『源氏物語』「蜻蛉」）

蜻蛉《かげろう》・昆虫の一種。蜉蝣。「朝に生まれて夕に死す」

◆薫宮の述懐である。歌の上の句は、大君、中君との、下の句は浮舟とのはかない縁を蜻蛉に比し回想している。

古蹟「蜻蛉野」、「蜻蛉石」（三室戸寺への道の左に在る）、「浮舟之古蹟」（三室戸寺参道に在る）がある。

朝ぼらけ宇治の川霧たえだえにあらはれわたる瀬々の網代木
定頼
（『千載和歌集』、巻六、冬）

暮れてゆく*春のみなとは知らねどもかすみに落つる宇治の柴舟
寂蓮法師
（『新古今和歌集』、巻二、春）

春のみなと・春の行き止まるところ。「みなと」は「水《み》の門《と》」。

◆「年ごとにもみぢ葉流す龍田川湊や秋の泊りなるらむ」（『古今和歌集』、巻五、秋　紀貫之）を本歌とする。

山吹や宇治の*焙炉《ほいろ》の匂ふ時
芭蕉
（『猿　蓑』）

焙炉・茶の葉を入れ、火にかけあぶりかわかす器具。

◆宇治、新茶を蒸《む》すころ、野には山吹の花が咲く。茶のかおりと山吹の色と併《あわ》せて清爽の季節感が伝わってくる。同じ芭蕉の、「駿河路や花橘も茶の匂ひ」の句を思い出すかも。三室戸寺境内に句碑がある。

◇『平家物語』、巻四「橋合戦」、巻九「宇治川」

❖水無瀬神宮《みなせじんぐう》

長岡京市南、山崎にある。

をのこども詩をつくりて歌に合せ侍りしに、
水郷春望といふことを
見わたせば山もかすむ水無瀬川＊ゆふべは秋となに思ひけむ
＊太上天皇
（『新古今和歌集』三六）

太上天皇・後鳥羽上皇。
ゆふべは秋となに思ひけむ・夕暮れの風情《ふぜい》は秋に限る（「春はあけぼの、秋は夕ぐれ」『枕草子』）と、今までどうして思っていたのだろう。春の夕暮れにも、秋に勝《まさ》るとも劣らぬ風趣があるものを。
元久二年（一二〇五）詩歌合における御製。帝王のおおらかな調べがあり、集中の代表作の一。「雪ながら山もとかすむゆふべ哉　宗祇」は、長享二年（一四八八）、後鳥羽院の離宮水無瀬殿で、院の法楽のために興行された「水無瀬三吟百韻」の発句。院の歌をふまえている。

❖石清水八幡宮《いわしみずはちまんぐう》

男山の上にあるので男山八幡宮ともいう。宇佐八幡宮を勧請《かんじょう》（神仏の分霊を請じ迎える）したもので、賀茂神社とともに尊信された。

*仁和寺《にんなじ》にある法師、年よるまで石清水《いわしみず》を拝まざりければ、*心うくおぼえて、ある時思ひ立ちて、ただひとり*かちよりまうでけり。*極楽寺・*高良《こうら》などを拝みて、かばかりと心得てかへりにけり。さてかたへの人にあひて、「年ごろ思ひつること果たしはべりぬ。聞きしにも過ぎて尊くこそおはしけれ。そも、参りたる人ごとに山へのぼりしは、何事かありけむ、*ゆかしかりしかど、神へまゐるこそ本意なれと思ひて、山までは見ず。」とぞいひける。すこしのことにも、*先達《せんだつ》はあらまほしきことなり。

（『徒然草』第五十二段）

仁和寺・140ページ参照。
心うくおぼえて・情けなく思って。
かちより・徒歩で。
極楽寺・「八幡宮付属の宮寺の一つ。男山のふもとにあった。
高良・高良神社。八幡宮に付属する摂社で、これも男山のふもとにあった。
ゆかしかりしかど・知りたかったが。
先達・「センダチ」とも。指導者。

コラム

寄席紳士録

昭和四年二月七日、昔風に数えて、六十四で死んでいる。

死ぬ前の日まで浅草公園の橘館という演藝場に出ていた。

その日、記憶術の出題の中に、「淀《よど》みに浮《うか》ぶうたかたはかつ消えかつ結びて」という題があつた。角帽の學生が出した。〝方丈記〟の第一節である。

柳一はその出題がよほどわが意を得たとみえる。いよいよという時、ひときわ聲を張り上げて、

「……久しくとどまりたる例《ためし》なし。世中《よのなか》にある、人と栖《すみか》と、またかくのごとし」……

といつた。

つまり、出題のままを答えないで、なんと〝方丈記〟のそのあとを讀んだのである。

橘館の浅草の客は、みんななにがなんだかちんぷんかんぷんでぼんやりしていたが、角帽の學生だけが目をかがやかせて、大きなながい拍手を柳一におくつた。

浅草壽町三丁目本法寺、はなし塚の裏に「お伽丸柳一」の碑がある。


(安藤鶴男『寄席紳士録』下から読んでも一柳斉柳一)

その他

——知るも知らぬも

比叡山上より琵琶湖を俯瞰

❖比叡山《ひえいざん》

比叡山中堂建立の時
*阿耨《あのく》多羅三藐《みやく》三菩提の仏たちわがたつ*杣《そま》に*冥加《みょうが》あらせたまへ　*伝教大師
（『新古今和歌集』、巻二十、釈教）

阿耨《あのく》多羅三藐《みやく》三菩提・梵語。無上正偏智と訳す。絶対智者の意。
杣・樹木を植えつけて材木をとる山。
冥加・仏の加護。
伝教大師・最澄。天台宗延暦寺開祖。

ねがはくは妙法如来*正偏知大師のみ旨成らしめたまへ　宮沢賢治

正偏知・絶対智者。

◆根本中堂前に歌碑が立っている。

日の暮れの雨ふかくなりし比叡寺四方《よも》＊結界に鐘を鳴らさぬ

中村憲吉（「しがらみ」）

◆「比叡山」連作六十一首のうち。「雨山暮情」。

結界・密教で、仏道修行の障害をなす魔障を入れぬため、一定の地域を区画限定すること。古来高野山・比叡山等は結界地と称せられた。

雷すでに起らずなりぬ秋深く大比叡の山しづまりたまへ

吉井　勇

◆阿弥陀堂傍に歌碑が刻まれて建っている。

いにしへの王城の地を見おろしてわが思ふこと遥かなるかな

吉井　勇

◆一本杉展望台に歌碑立つ。

❖横《よ》川《かわ》

比叡山は、東塔、西塔、横川の三部に分かれる。横川は最も奥。恵心僧都（源信）の墓がある。僧都は天慶五年（九四二）、大和国葛城郡当麻に生まれ、横川の良源を師とし、天台の教学を修めた。源氏物語横川の僧都のモデルに擬せられる。

*その頃、横川に、「*なにがしの僧都」とかいひて、いと尊き人住みけり。

（『源氏物語』「手習」）

その頃・浮舟が入水した頃。
なにがしの僧都・何々の僧都（古来、恵心僧都に擬する。）

◇恵心僧都『往生要集』

❖逢坂山《おうさかやま》

これやこのゆくもかへるもわかれつつしるもしらぬも逢ふ坂の関　*蝉丸
（『後撰和歌集』、巻十五、雑）

蝉丸・盲目で歌をよくし、琵琶の名手。
◆くり返し・対置などの技法から生ずる声調が、さながら関を行き交う旅人のさまを彷彿《ほうふつ》させる。
◆第三句、百人一首には「別れては」として採られる。今、大谷町、片原町、清水町の三カ所に蝉丸神社がある。

逢坂の関の清水に影見えて今やひくらむ望月の駒　紀貫之
（『拾遺和歌集』、巻三、秋）

◆信濃国望月の牧場から貢進した駒を八月十五日（望月。地名と言い掛ける）、左馬寮の使が逢坂の関まで出迎える、いわゆる駒迎えの歌。

大納言行成、物語などし侍りけるに、「内の御物忌にこもれば」とて急ぎ帰りて、つとめて、「鳥の声にもよほされて」と言ひおこせて侍りければ、「夜深かりける鳥の声は函谷関のことにや」と言ひつかはしたりけるを、立ち帰り、「これは逢坂の関に侍る」とあれば、よみ侍りける。

夜をこめて鳥のそら音ははかるともよに逢坂の関はゆるさじ
清少納言
(『後拾遺和歌集』、巻十六、雑)

鶯の鳴けどもいまだ降る雪に杉の葉白き逢坂の山
*太上天皇
(『新古今和歌集』、巻一、春)

太上天皇・後鳥羽上皇。
「梅が枝に来ゐる鶯春かけて鳴けどもいまだ雪は降りつつ」(『古今和歌集』、巻一、よみ人しらず)の本歌取。

コラム

花の散るがごとく

花の散るが如く、葉の落つるが如く、わたくしには親しかった彼の人々は一人々々と相ついで逝ってしまった。わたくしも亦彼の人々と同じやうに、その後を追ふべき時の既に甚しくおそくない事を知ってゐる。晴れわたった今日の天気に、わたくしはかの人々の墓を掃ひに行かう。落葉はわたくしの庭と同じやうに、かの人々の墓をも埋めつくしてゐるのであらう。

永井荷風「濹東綺譚」作後贅言

わが心の京都

京都　UP TO DATE
人生片想　―京の風物に寄せて―

京都 UP TO DATE

――『京に着ける夕』・『古都』・『金閣寺』――

新幹線は、今、東山を越えたのだろうか。軽やかな車輪音を増してトンネルを下りはじめたと思うと、そこはもう心はずませる京都の明るさであった。

すぐ鴨川を渡る。京都タワーが、右車窓に仰ぐように迫る。まるできのこのようだ。浮薄で猥雑《わいざつ》で、とてものことに京の景観にそぐわない。――心ある旅行者の不評をよそに、それは今では、京都の表玄関のシンボル化した既成事実の上に、自信を回復したかに見える。なんてったって、近郊のどこからでも、それは望見できる。闇にも、照明で姿を浮かび上がらせ、旅行者は方角に迷うことはない。

左手奥に東寺の塔が見えてくる。*巍巍《ぎぎ》たるその重量感は、密教の神秘性と、王城鎮護の道場と、逆光を受けたシルエットのイメージによるものだ。

京都タワーと東寺の塔。――京都に着いて、最初に旅行者の視野に入ってくるこの二つの建物は、そのまま、今日的な京都の象徴と思われる。

明治二年（一八六九）三月七日、車駕東幸とともに、京都は、桓武以来一〇七五年にわたった首都の座から下りた（通説）。

「浮華遊惰ヲ戒メ正業勉励ヲ勧ムルハ、経世ノ要務、況ヤ京都府下ハ御東幸後ニ衰微ニ趣ノ地、是ヲ挽回繁盛ナラシムルハ農工商ノ三業力勧誘作新スルニアリ（圏点筆者）」

この「勧業場の事務規則第一条」からは、当時の京都が直面した容易ならぬ危機感がひしひしと伝わってくる。

第三代京都府知事北垣国道は、当時まだ工部大学（後の東大工学部）の学生だった、若冠二十三歳の田辺朔郎を起用し、雄大な京都疏水（正式には琵琶湖疏水）の事業計画を完成させた。明治二十三年のことである。北垣知事の英断もさることながら、それをうしろから支え、京都の近代化を推し進めるのに力があった京都人の進取の気象を思うのである。（田村喜子＊『インクライン物語』）

蹴上《けあげ》に明治の風格を残す赤レンガ作りの京大原子力研究所が、世界で二番目の発電所であったと聞いても、人はにわかに信用しないだろう。明治二十八年には、日本ではじめての路面電車が、七条停車場と伏見下油掛の間に開通する。日本で最初に＊無産党代議士を選出したのは京都であり、日本で最初の小学校が作られたのも京都である。

これをしも、東京に対する西京意識と言うなら、それは正確ではない。公式の遷都宣言は出されずじまい、今も一時の東幸と信じている人々もいる。まして、「京都」の名に負うからには、京都から「みやこ」の名が奪われることは永久にないのだから。

古くして新しいみやこ京都。保守と革新。伝統と異端。激しい移ろいの中に変わらないものがある――それが京都だ。

すこし京都に足を運び馴れた旅行者なら、三条、四条の繁華の通りに、絶えず新旧の店の交替が静かに潜行しているのに気づくだろう。

プチモンド・ヨッチャン、リッチフィールド、クレサンベール、プランタン――これらの新しい店の間に、しかし、ひっそりと古いのれんを守り続けて変わらない老舗《しにせ》がある。たとえば『梅園』――。

ここの「あはぜんざい」は逸品である。私の大学時代から、その味は少しも変わっていない。

変わっていないと言えば、明治二十五年、漱石は子規とはじめて京都へ来て、ぜんざいの赤い大提灯《おおぢょう ちん》を見て、「何故かこれが京都だなと感じたぎり、明治四十年の今日に至るまで決して動かない」(「京に着ける夕」)と感じる。「あの下品な肉太な字を見ると、京都を稲妻の迅《すみや》かなる閃きのうちに思い出す。同時に――ああ子規は死んでしまった。*糸瓜《へちま》のごとく干《ひ》からびて死んでしまった」とも書いた。漱石は提灯に糸瓜を重ねているのだろう。諧謔のことばが、かえって痛恨のひびきを持つ。「京に着ける夕」は逆説的友情に満ちた文字である。

今日も私は、遠来の『梅園』の客だ。新製品の〝みたらし〟の皿を前に談笑の花を咲かせる、若い世代の人たちを横目に、曽遊の旅行者は、軽侮と感傷の入り交じった表情を浮かべて隠そうとしない。しかし、このような個人的感慨にふけってもきりがない。個人的感動、特殊な体験は、文学の素材ではあっても、それだけでは文学となり得ない。

歴史は事実に正確に、客観的であろうとする。しかし、その場合も、特定の史観による解釈を免れるものではないとすれば、歴史はついに個人の主観から自由ではあり得ないとの見方も成り立つであろう。

文学は、歴史の空白を補填するものとしての自己の役分を認識する。歴史の間隙を埋めるものは作家の想像である。あるいは幻想である。歴史家によって書かれざる部分に向かって、作家の筆は自由な飛翔を試みる。京都は、このような歴史と文学を語るのに事欠かない。

新京極の通りを南へ下って、四条通りに出たあたりの南側に*「御旅所」がある。雑踏にまぎれてひっそりと、それは神社と呼ぶには空疎過ぎる。しかし、ここが、『**古都**』(川端康成)の千重子と苗子のはじめての出会いの場所であると知れば、このくすんだ一画は、にわかに熱い思いに輝きはじめるだろう。

『古都』は、「私はもう死んだ者として、あわれな日本の美しさのほかのことは、これから一行も書こうとは思わない」(『**島木健作追悼**』)と言った川端が、昭和三十六年、悲しみをこめて、美しい日本——京都を描いたものである。そこでは、春夏秋冬の季節を縫って、日めくり暦のように、美しい年中行事がくり広げられる。しかし、そこに描かれるのは、むしろ変わらぬ「愛のかたち」だ。文学の描くのは常に人間である。

人間の容姿は原始、両性を具えた球形のものであった。驕慢の心が神の怒りを買って二つに断ち切られた。人間一人一人は、だから人間の割符《わりふ》というわけだ。人間はかくて、他の半身を求め、本然の一体になろうとする欲求を具有するものである。——プラトンの『**饗宴**』にある、有名な「エロース(恋)」説である。

『**古都**』における一卵性双生児の設定は、それを表現するのに格好のものであったと思う。戦後の軽佻の世相の中に川端が描いた、これは日本の心であり、不変の相であった。『古都』の幕切れが、千重子と苗子の別離で終わるのにかかわらず——。

ここで三島が登場する。南禅寺山門に上がってみよう。

「絶景かな、絶景かな」——*『**楼門五三桐**《さんもん》』で知られた石川五右衛門の詠《なが》めは、今も私たちのものである。しかし、『**金閣寺**』の主人公「私」は、そこで異様な光景を見てしまうのである。山門の左下、道を隔てた塔頭《たっちゅう》「天授庵」の、障子を開け放った座敷の緋毛氈の上に、長振袖の若い女が坐っている。軍服の若い海軍士官が女に対して端座している。と、女が襟元をくつろげ、露わになった白い豊かな乳房を揉むようにしたと思うと、暗い茶碗にほとばしる白いあたたかい乳を士官が飲み干したのである。

「私」が女と再会したとき、三年の歳月は士官を戦死させ、女を変質させていた。「私」の眼の前に女の掻き出した左の乳房は、「不感の、しかし不朽の物質になり、永遠につながるものとなり」、またしてもそこに金閣が出現する。金閣（美）によって人生（女）への出発が妨げられていると思った「私」は金閣に火を放つ。——金閣は滅んだであろうか。

今日も金閣には、バスガイドの振る旗がひるがえり、観光客の群れが整然と移動している。小林秀雄が『**金閣焼亡**』で描いた戦後の混乱と無秩序はもうそこにはない。鏡湖池に影を落とす金色の優美さは再建前のままである。その美をまやかしと見るかどうかは別として、これが今日的な京都の顔であることだけはたしかであろう。

「肌ざわりはやわらかいくせに芯《しん》は冷たい。けれど、舌をやけどするほど熱うなることもある」（大村しげ『**京都　火と水と**』）——これが京都なのである。

巍《ぎ》巍《ぎ》・高く大きいさま。

インクライン・傾斜軌道。蹴上と南禅寺疏水の落差の間にレールを敷き、ケーブル式に台架を通わせ、舟を乗せて傾斜面を昇降させていた。

無産党代議士・山本宣治。昭和三年、最初の普通選挙に京都府第二区から出馬当選。のち、暗殺された。

糸瓜のごとく・子規に、糸瓜を詠んだ絶筆三句がある。

　　糸瓜咲いて痰のつまりし仏かな
　　痰一斗糸瓜の水も間に合わず
　　をとゝひの糸瓜の水も取らざりき

御旅所・祇園祭に、神輿が仮にしばらく止まる所。

楼門五三桐・初代並木五瓶作の歌舞伎脚本。（55ページ『南禅寺』参照）

人生片想

――京の風物に寄せて――

京都は私のかつての遊学の地。しかし、大学時代、私はそれほど京都に親しんだわけではない。第一、そのころは、野間宏の小説の題名にあるような「暗い絵」の時代であったし、それに、ものの最中にあるときはそれに気づかず、それを失ってみてはじめてそのもののよさに気づくのは人性の常でもある。京都を離れ、京都に住むことをしなくなってから、私の京都に寄せる思いは深くなったということか。

Kyoto is the city to visit, not
the city to live in.

誰が言ったことか知らないが、いつのころからか、私はこのことばを呪文のように自分に言い聞かせ、visitor としての自分を楽しむようになった。それも、十分馴れた visitor というゆとりに遊ぶ心が私にはある。

今、私は、ほとんど隔月に京都を訪れる。私の「道楽」とは言えぬまでも、「趣味」と呼ぶことは許されるだろう。「道楽」には「堕落」と音が相通するところがあって、放埓し遊興し、身をもちくずすていのくずれたひびきがある。祇園の遊女に恋着し、情痴の泥沼にもがく妄執を綿々と描いた『黒髪』の近松秋江、祇園紅燈の巷に、青春の艶情を歌った吉井勇には及びもつかないが、せめては私の「趣味」の中にある京都への思いを語ろう。

会津八一に出会って、私はその歌にひかれ、大和から京都へ、いくつかの寺を経巡ってきた。その間、私は、寺を守る人は、そしてそこを訪れる人は、仏の心を心とするのでなければならぬと思うようになった。そういう私に、「寺域の景観、由緒の好ましさ、建造遺品の優秀さを兼ねそなえた寺院はすでに少ないが、私はその上に、そこに常住する僧の人がらを重んじる」（『京あない』）という保田与重郎のことばは、心にひびくものとして残っている。「名所の寺は、林泉環境建物と揃っても、院主のそぐはぬところはいやしい」（『同』）とも。そういう私の心にかなう寺院として、私は、銀閣寺南、東山山麓にある法然院を推す。

かつて京都駅から法然院に電話を入れて拝観の意を通じたとき、寺から返ってきたことばは、今も私の記憶に鮮明である。「うちの寺は、いわゆる観光寺院ではありませんから、観光客のために特に便宜を計るということはいたしておりません。しかし、仏さまにお参りくださるのは自由ですから、どうぞいらしてください」

法然院は今も拝観料を取らず、塵外に超越して浄域を守っている。かといって一部の寺院のように、「拝観謝絶」の冷たい貼紙で、遠来の信仰者をにべもなく拒むでもない。本堂直壇《じきだん》には、いつ訪れても当節の花が二十五個（二十五菩薩に因《ちな》むとも言う）供えられ、うるし塗りの床に色映え、往持の心根さながらに美しい。

ここは学者、文人の墓の多いことでも知られている。河上肇、内藤湖南、浜田青陵など京都学派の人々。谷崎潤一郎が、ここに骨を埋めるように遺言したのは有名である。

茅葺門外の緑樹のかげをすこし行くと、開豁な墓域に出る。江州石塔寺のそれを模したという大きな石塔の傍に、『貧乏物語』の著で知られた河上肇の墓碑が立っている。

多度利津伎　布里加幣里美礼者　山川遠　古依天波越而　来都流毛野哉

と、博士の歌が、自筆の万葉仮名で刻まれている。「たどりつき　振り返りみれば山川を　越えては越えて　来つるものかな」とよむ。マルクス経済学者の故をもって京大の教壇を追われ、共産党員となって地下に潜み、四年の獄中生活の経験を持つ博士の経歴から、この歌の山川が、どこそこのそれと特定できる具体の山川ではなくて、博士の嶮難な人生行路を象徴するものであることが知られるだろう。

そこから更に進むと九鬼周造（京大教授。『いきの構造』の著で知られる）の墓がある。右側面に、

ゲーテの歌　寸心

見はるかす山々の頂
梢には風も動かず鳥も鳴かず

まてしばし　やがて汝も休はん

と枯淡の筆で刻まれている。寸心西田幾多郎撰書によるこの銘文は、ゲーテの『旅人の夜の歌』の二で、その一、

なんじ、天上よりおとずれ
なべてのなやみと悲しみをしずむるもの、
いや深く苦しむ心を
いや深き慰めもてみたすものよ
ああ、われは営為《いとなみ》に疲れぬ。
苦痛《くるしみ》といい、快楽《たのしみ》というも何？
やさしき憩いよ
来たれ　わが胸に。

と併せ詠むならば、この詩の旅人も、狭義のものではなくて、人生的意義に拡大されたそれであることが分かるだろう。

こうして、たまたま同じ*塋《えい》域内にある墓碑銘に、人生を旅と観じ、そこに生き死にする人間を旅人に見立てる観想を発見することは、私を深い感懐へ誘い込まずにはおかない。

「われらはどこから来たか、われらは何ものか、われらはどこへ行くか。」

南太平洋の島タヒチで制作されたポール・ゴーガンの画題であるが、一所不住を境涯とする（人生の）旅人にとって、明日は、明日の土地は、常に未知の相貌を帯びたものとして与えられている。その無常流転《るてん》の彼方に何があるか。そもそも、仮象を超えた真実（の世界）はあるのか。無いのか。

私たちを、人生への思いへ誘う京都の風物に、次に大文字がある。

八月十六日の大文字焼きが、盂蘭盆会《うらぼんえ》の精霊送り火であることは知られていようが、それに先立って行われる東山松原の珍皇寺六道詣については、京都人以外に知る人は少ないのではなかろうか。

八月八、九、十の三日間、珍皇寺には、およそ京都中の人が群衆《ぐんじゅ》する。門前（六道辻という）から境内にかけて高野槙《こうやまき》を売る店が立ち並び、当日五条通りは、陶器の出店が市をなす。境内を埋め尽くした参詣人たちは、この音十万億土にとどけとばかり、先を争って鐘をつく。川端茅舎の、

　＊金輪際《こんりんざい》割り込む婆や迎鐘

は、この風景を詠んだものである。

そして一週間後――

八月十六日正八時を期して、比叡山の支峰如意《によい》が嶽に「大」の字が点火される。鴨の河原を埋め尽くした観衆の間から、期せずして歓声が上がる。暗闇に目を凝らして待つ長い緊張から解き放たれる

感動の一瞬である。大の字がかすかに揺れる。遠く火種のはじける音も聞こえるかと思われるほどである。

やがて火勢が頂点に達したと見るや、一瞬字形が定まり静止する。大文字が最も明るく、美しさを見せる瞬間である。

すぐ字形がくずれはじめる。字画がこぼれ、燃え落ち、燃え尽きて、漆黒の闇の中に没したとき、人々は、京の夏の終わりの哀感を味わうのだ。そしてそのとき人々は、(賀茂)祭の終わったあとの余韻を味わってこそ真に祭を見たと言えるという、『徒然草』の*兼好のことばを思い出すだろう。

こうして、火がともり、燃えさかり、頂点に達し、消えて行く——夏の夜空に繰り広げられる華麗な火の饗宴は、私に束の間の人生ドラマを、人の世の哀歓を実感させる。そしてなぜか私は、そのとき、ガレの『ひとよ茸のランプ』を思い出すのだ。

『ひとよ茸のランプ』は、諏訪湖畔北澤美術館に所蔵されている、*アール・ヌーボーの代表エミール・ガレ晩年の名作である。真っ赤な傘をつけた、大中小

エミール・ガレ「ひとよ茸ランプ」
ポストカードより(北澤美術館所蔵)

のひとよ茸（短く閉じたのと、長く開いたのと、その中間のと）が、それぞれ人生の三つの時期をあらわしている。一夜にして溶化し滴下するはかなさのひとよ茸――。

最後に、河原町三条下ル東側に在る甘味処「梅園」について語ろう。

大学在学時代はじめてここを訪れ、「粟《あわ》ぜんざい」の蓋を取ったときのおどろきは今も忘れることができない。以来今日に至るまで私のひいきが続いている。ただ、先代のおやじが亡くなって、息子夫婦が後を継いで、のれんを守っているのと、何も知らない若い世代の人たちが、新製品のみたらしの皿を前に談笑の花を咲かせ、昔をなつかしむ私を嘆かせることぐらいで、うれしいことに、本命の「粟《あわ》ぜんざい」の味は、昔と少しも変わっていない。しかし、私は変わり、私に昔日の若さは再び帰ってこない。すなわち私に、

うめぞの　は　いま　の　うつつ　に　ありこせ　ど
わ　が　わかき　ひ　の　また　も　をち　め　や　も

の詠あるゆえんである。「ありこす」は経過する。今に続くの意、「をちめやも」の「をつ」は若きに返るの意である。悠久の自然に対比して人間の営みのはかなさを嘆くのは古典的主題であるが、今は人為の『梅園』を不変の相でとらえることによって、私自身の上の移ろいに気づかされるとの趣向を詠んだものである。

さて、漱石が始めて京都へ来て、「ぜんざいは京都で、京都はぜんざいである」というほどの強い印象を受けたと書いているのを知って私を喜ばせた。漱石はなぜそれほどの印象を受けたのだろうか。

明治四十年、漱石は朝日新聞入社を決意、三月、友人狩野亨吉（京大文科大学長）、菅虎雄（三高教授）を京都に訪ね、そのあと『京に着ける夕』を書いた。その中で漱石はしきりに、「寒い」、「淋しい」を連発している。「唯さへ京は淋しい所である」「東京を立つ時は日本にこんな寒い所があるとは思はなかった」、「京都はよく〳〵人を寒がらせる所だと思ふ」等々。そのときの日記にも、「京都ノFirst impression　寒イ」と記す。「余は幾重ともなく寒いものに取り囲まれてゐた」ともあったりして、これらは漱石の心象風景と受け取れる。そして暗い京の街を、かんからん、かんからんと寒い音を響かせながら、遠い北へ北へと人力車を走らせる。その漱石の目に、所所軒下にぶら下がった大きな＊小田原提燈《おだわらちょうちん》に赤く書かれたぜんざいの字が焼きつく。そして「赤いぜんざいと京都とは到底離れられない」と感じる。暗い淋しい漱石の心に、所所のぜんざいの字が、あたたかい灯をともしたのだろうか。

漱石がそう感じたのは、しかし、このときが始めてではない。十五年前、子規とはじめて京都へ来て、夜の町を見物したとき、赤いぜんざいの大提燈を見て、「何故か是れが京都だなと感じたぎり、明治四十年の今日に至る迄決して動かない」と記しているのである。

漱石が「赤」の色に異常なこだわりを示しているのに気づく。『それから』の最後が赤の色で染まっているのは著しい例だろう。赤い郵便筒、赤い蝙蝠傘、真赤な風船玉、小包郵便を載せた赤い車、烟草屋の赤い暖簾《のれん》、売出しの赤い旗、赤い電柱、赤ペンキの看板――赤また赤が代助の頭の中に飛び込んで回転する。しまいには世の中が真赤に染まる。

一説によると、赤は分裂病者にとって特殊な意味——恐怖、狂死など——を持つという。漱石がぜんざいを食べたことがなく、ぜんざいの何であるかも知らぬ（と漱石は書いている）ことからすると、ぜんざいの字の赤い色は、漱石の無意識の深淵にある根源的な生の不安をあらわすかとも思われる。ともあれ『京に着ける夕』の次のことばは、私の心をなごませる。

あの赤い下品な肉太な字を見ると、京都を稲妻の迅《すみや》かなる閃きのうちに思ひ出す。同時に——ああ子規は死んで仕舞った。糸瓜《へちま》の如く干枯《ひから》びて死んで仕舞った。

漱石は提燈に糸瓜《へちま》を重ねているのだろう。諧謔のことばがかえって痛恨のひびきを持つ。『京に着ける夕』は、逆説的友情に満ちた文字のものである。

塋城・墓地。
金輪際割り込む婆や迎鐘・「珍皇寺」。（112ページ参照）
兼好のことば・「たゞ、物をのみ見むとするなるべし」（『徒然草』第一三七段）。「大路見たるこそ、祭見たるにてはあれ」（同上）。
アール・ヌーボー・「新しい芸術」という意味。一八八〇年代から第一次世界大戦ごろまで、ヨーロッパに広まった建築・工芸の新様式。幻想的な曲線を特徴とする。ビアズリー、クリムト、ミュッシャ、ガレなどが代表。
小田原提燈・伸び縮みでき、要《い》らない時は折り畳んでおける細長いちょうちん。

蒲生野《がもうの》の夏

——「紫」の幻想——

天智七（六六八）年、天智天皇は、蒲生野《がもうの》遊猟に向けて近江大津宮《おうみのおおつのみや》（現在の近江神宮の辺《あた》り）を発《た》った。その時の様子を想像して、私は次のように書いた。

あの顔だ。——大海人皇子《おおあまのみこ》は、今日の日を一際《ひときわ》晴れやかに装った兄、天智に目を当てた。二十年前、あの台地の闇の中で、おれと知っての殺意のひらめきを感じさせたのはあの顔だ。あれから、古人大兄皇子《ふるひとのおおえのみこ》、石川麻呂、有間皇子《ありまのみこ》、孝徳天皇、……それからまだ幾人かが、この世から姿を消した。

あの自信に満ちた顔の裏に隠された陰謀——酷薄と残忍。しかし、それも今日一日だけは忘れよう。待ちに待った遷都後初めての鹿狩《ししがり》の日だ。

同じこの隊列の中にあの人が居る。——そう思うと、大海人《おおあま》の胸は熱いもので締《し》めつけられる。あの人は、今、輿《こし》の中で何を思っているだろう。その人に今日逢えるのだ。

右手に、海さながら、漫々たる水を湛えた淡海《おうみ》の海。さざなみの立つごとに、陽《ひ》に砕け散る光と風。——曽《かつ》ての都、大和には無かった湖国の風景が、大宮人たちの心を浮き立たせる。縹渺《ひょうびょう》たる烟霧《えんむ》の彼方に、夢のようにその秀麗な姿を浮かびあがらせるのは、神宿る山——名にし負う三上山である。

あの山に、今、おれが何を祈ったか、誰も知るまい。――馬上の大海人《おおあま》は、手綱《たづな》をぐいと引き締《し》め、きっと前途をにらんだ。

「あの人」は額田女王《ぬかたのおおきみ》。大海人皇子《おおあまのみこ》との間に子（十市皇女《とおちのひめみこ》）まで生《な》した仲であったが、前年（天智六）の近江遷都の時、大海人《おおあま》の兄、天智に召され、旧都飛鳥《あすか》に別れ、近江朝の後宮に入った。今日、その人に逢えるなら、大海人《おおあま》にとって、それは、ほぼ一年ぶりの再会となるはずである。

「あの顔」というのは、孝徳一（六四五）年、難波長柄豊碕宮《なにわのながらのとよさきのみや》に遷都の際、新宮の地鎮祭が行われた夜の台地で、大海人皇子《おおあまのみこ》が額田女王《ぬかたのおおきみ》（この時、二人はまだ結ばれていなかった）を、手さぐりのようにして求めるうち、額田女王《ぬかたのおおきみ》とは別な人の沓音《くつおと》を聞き、殺意を感じる。――その人を指している。

「鹿狩《ししがり》」――この日、女性は薬草を摘む。それで「薬狩《くすりがり》」とも言う。蒲生野《がもうの》遊猟の日、『日本書紀』には「夏五月五日」とある。今の暦に直せば六月。むせ返るような日ざしの下、緑に蔽われた野を渡って薫風が吹く。折しも輿《こし》からこぼれ落ちるようにして降り立った女官たちの、色とりどりの長い裾をなぶり、肩にかけた薄い紗の領巾《ひれ》をひるがえす。

そんな時、事は起こった。

　茜《あかね》さす紫野行き標野《しめの》行き野守は見ずや君が袖振る　　額田女王《ぬかたのおおきみ》

「茜《あかね》さす」は、あかね色に照り輝く意から次の「紫野」の「紫」にかかる枕詞。「紫野」は紫草（根から紫の染料を取る。）の生えている野。「標野《しめの》」は、皇室などの所領する、いわゆる禁野（「標《しめ》」は「占《し》める」の意）。（私に向かって、そのように袖をお振りになって……。野守が見るではありませんか。）年上の女の、軽いたしなめの口調《くちょう》の裏に、男を誘う媚態がある。大海人《おおあま》はそれを見逃がさない。

紫草《むらさき》のにほへる妹《いも》を憎くあらば人妻ゆゑにわが恋ひめやも　大海人皇子《おおあまのみこ》

（紫草《むらさき》のように美しいあなたを憎いと思うのでしたら、どうして、人妻と知りつつ、あなたを恋しいなどと呼ぶでしょうか。）

「紫草《むらさき》のように美しいあなた」と言った場合の「紫草《むらさき》」は、紫草《むらさき》が初夏につける、あの小さめの白い花ではないだろう。額田女王《ぬかたのおおきみ》の美しさを言うのに、それでは小さ過ぎて柄《がら》が合わない。第一、「紫草《むらさき》」の字面《じづら》からくる視覚的印象の強さが、白のイメージを圧殺する。ここはどうしても、紫草《むらさき》の根で染めた、美しい紫でなければならない。

それでも、まだ問題が残る。

この時、額田女王《ぬかたのおおきみ》の推定年齢は三十八歳前後、いわゆる「さだ（時）過ぎた（盛りの年を過ぎた）」年令である。その女に向かって、「紫草《むらさき》のように美しい」と呼びかけるのは、空々《そらぞら》しいお世辞、または、悪意のからかい、もっと言えば残酷でさえある。それを救うために考えられたのが、この歌は、野外でのロマンチックな恋のやりとりというようなものではなく、その後に設けられた宴席での座興の歌、つまり戯《ざ》れ歌とする見方であった。

この説には、しかし、見落とされていることがある、と私は思う。紫の色についてである。

紫の色から連想されるのは、高位、気品などのイメージだろう。紫宸殿、紫禁城、紫衣《しえ》などという場合の紫がそれである。身近なところでは紫の袱紗《ふくさ》がある。歌舞伎の好きな人だったら、花川戸の助六を思い浮かべるかもしれない。緋ちりめんを胸元《むなもと》にのぞかせ、江戸紫の鉢巻を垂らした伊達者《だてしゃ》ぶりは、見巧者《みごうしゃ》にとってたまらない魅力だ。紫根《しこん》（紫草《むらさき》の根）で染めた紫は「古代紫」の名をもって呼ばれ、古代日本では最高位の色、色の中の色とされた。（「濃き色」、「薄色」といっただけで、それは紫色を表した。ちょうど、「花」といえば「桜」を表したように）

そもそも、紫は、赤と青の間色という成り立ちが示すように、その特性は、本来アンビバラント（相反する意味を同時に持つ）なものを内包している。青の知性と赤の情熱。高貴のかげに隠された謎めいた神秘。あでやかさの極みに揺曳する妖《あや》しさ。矜《きょう》持《じ》と紙一重の驕慢。「知性を表す青と、情熱を感じさせる赤の両方の性格を備えて、さらに微妙な翳《かげ》と品格と、時には妖《あや》しささえも漂わせる」（吉岡常雄『日本の色』）のが紫の魅力なのである。

『宮田雅之切り絵画集　万葉恋歌』より
「額田王」

「紫の女」ということで最初に思い浮かぶのは、漱石描くところの『虞美人草』の藤尾である。新しい女、藤尾を描くために、漱石は藤尾を紫の映像で飾り立てる。漱石は藤尾に、紫の着物を着せ、紫の恋を語らせる。「エジプトの御代しろし召す人の最後ぞ、かくありてこそ。」——藤尾は驕慢の毒を仰いで死ぬ。藤尾はクレオパトラである。

紀元前十六世紀、古代フェニキアでは、紫貝（アクキ貝科）の内臓に含まれるパープル腺から抽出した色素を使って紫を染めた。二〇〇〇個の貝から、わずか一グラムの色素しか取ることができない貴重さゆえに、それは「帝王紫《ロイヤルパープル》」と呼ばれた。クレオパトラは、アントニーと乗る船の帆を「帝王紫」で染めた。

そして、額田女王《ぬかたのおおきみ》——。

彼女は、男から愛されるのをひたすら待つ受け身の女ではなく、みずから積極的に男を選び取る誇り高き女である。そして、優しく美しい。そのような陰翳《いんえい》のある、成熟した美しさは、とてものことに、二十代以前の女の及ぶところではない。かくて、「紫の匂へる妹」は、額田女王《ぬかたのおおきみ》の美しさにこそ似つかはしい。敢えて、宴席における座興などという姑息な発想に頼る要はないとする所以《ゆえん》である。

赤坂の、とあるショットバー。

ガルボ、バークマン、ヘップバーン——往年のハリウッドの名花たちのイメージでオリジナル・カクテルを創《つく》る店で、作家の連城三紀彦氏が注文したのは「ディートリッヒ」。氏のことばを借りよう。

「グラスの下方へと絞りこまれていくラインに脚線美を想像させるものがあり、色は「紫の蜜」と言えばいいのか、淡いのに奇妙に濃密さを隠した紫色で、味もその色どおり、舌にねっとりとからみつきながら、最後の切れは冷たいほどすっきりしていて、銀幕での神秘性そのものだった。」――紫の色と紫の味と。藤尾、クレオパトラ、額田女王《ぬかたのおおきみ》と続く「紫の女」の系譜にディートリッヒが加わることに遜色はない。

三年後、天智の誘いを躱《かわ》した大海人皇子《おおあまのみこ》は吉野に身を避ける。壬申の乱の発端である。天智死（暗殺？）。その子大友皇子は大海人皇子《おおあまのみこ》と戦って敗《やぶ》れ、大海人皇子《おおあまのみこ》は旧都飛鳥《あすか》に帰る。額田女王《ぬかたのおおきみ》は、むすめの十市皇女《とおちのひめみこ》（大友皇子妃）とともに、再び大海人皇子《おおあまのみこ》（天武）に迎えられて飛鳥《あすか》に帰るが、その後の消息は不詳である。

人は冥々の彼方に姿を没して、渺《びょう》として跡の尋ぬべくもない。ただ、蒲生野《がもうの》の自然のみは、広漠たるおもかげを今に残して、壮麗な往時のロマンを偲ばせる。

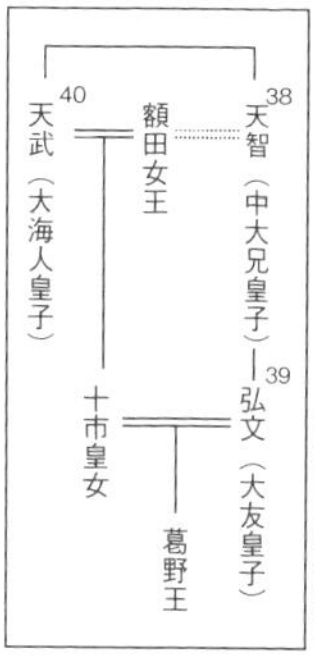

※数字は皇位継承順

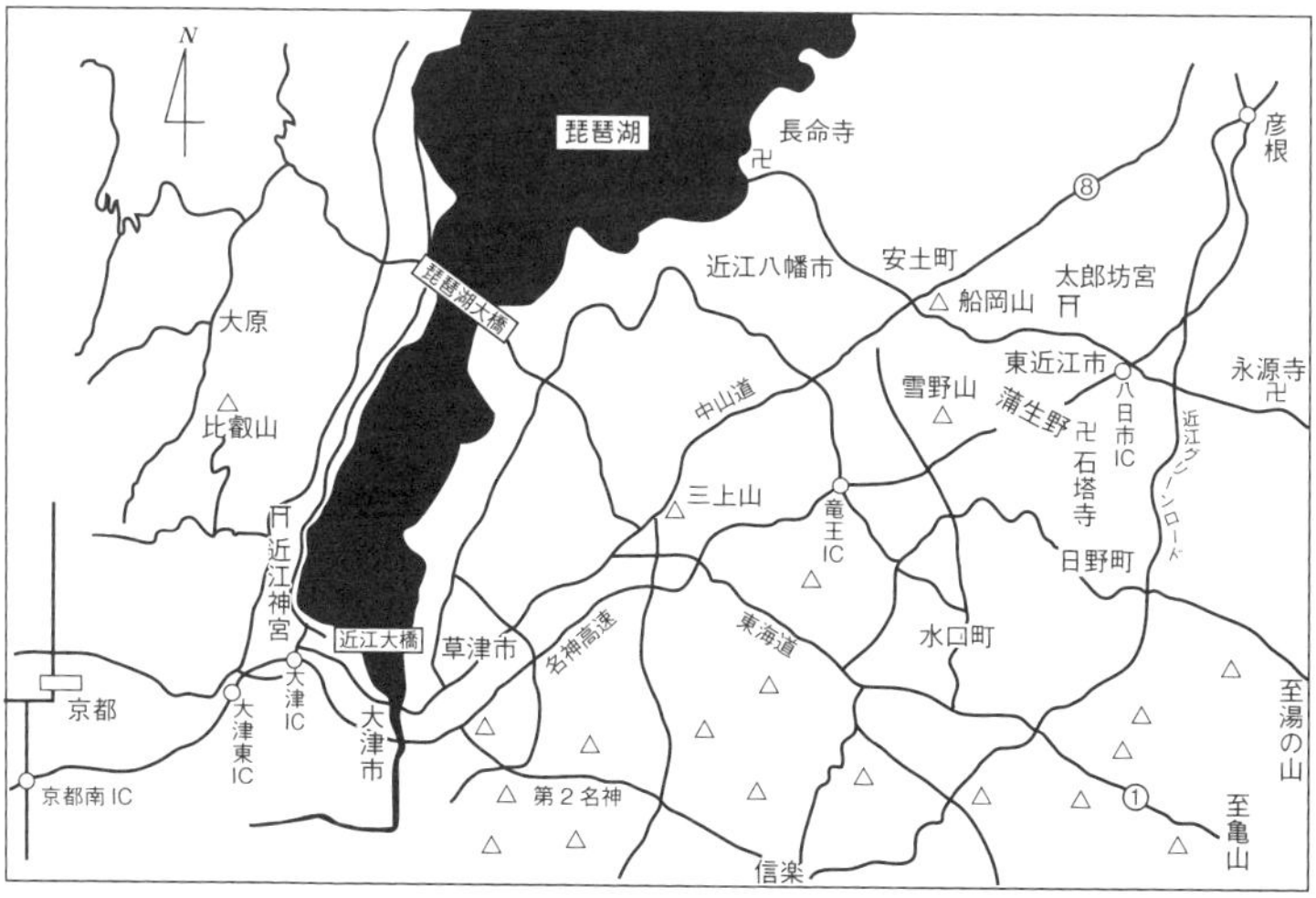

あとがき

最初に、浪速社社長　杉田宗詞氏に謝意を表したい。氏の慫慂を外《はず》しては、そもそも本書の世に出る運はなかったと思うからである。

次に、周囲の励まし。今は直近の一人のみを記す。

「御本の出版、よくやってくださいました。博学の先生がそれをなさらなかったら、もったいないです。楽しみに本屋に行きます。」内藤悦子

これらの期待に応え得たかどうか。多くの不安と、すこしの自負が私にある。すこしの自負四を記す。

その一、独自の歌や文を探し得たこと。（「竹村橋」、「尊勝院」など。）

その二、今まで避けられていた（と思われる）難解に敢えて挑み、独自の解釈を試みたこと。（「春の川」、「嘸さくら」、「逆順ニ門無し」など。）

その三、挿入写真は、どれも選《よ》りすぐり吟味されたもの。その結果、本書を、「見るだけでも楽しい」、ヴィジュアル的にも独自性あるものにした。

その四、敢えて自薦の「蒲生野の夏」一編を載せたが、なお、同じ筆勢の一端を、他の文中にも読み取っていただければ、著者望外の喜びである。

最後になったが、著者こだわりの文や写真の使用を、無償で許可してくださった方々に、深く感謝の意を表したい。

巻を措《お》くに当たって独《ひと》り言《ごと》。

長年馴染《なじ》んだ京の「雅《みやび》」。遠く東、薄明の彼方に、著者の生まれた下町の「粋《いき》」の灯が。「雅《みやび》」と「粋《いき》」と——二つながらへの熱い思いが、私の中にある。

平成二十二年一月二十八日

大島一郎

京都・周辺地図

洛北
N
至芹生
至花背
貴船神社
鞍馬寺
貴船川
鞍馬川
鞍馬
貴船口
雲ガ畑川
二ノ瀬
市原
補陀洛寺
大雲寺
左京区
叡山電鉄鞍馬線
実相院
二軒茶屋
至大原
北区
木野
岩倉
京都精華大前
崇道神社
三宅八幡宮
八幡前
蓮華寺
上賀茂神社
国際会館
八瀬比叡山口
国立京都国際会館
正伝寺
神光院
大田神社
三宅八幡
愛染倉
深泥池
宝ヶ池
源光庵
常照寺
桧峠町
北山
松ヶ崎
修学院離宮
赤山禅院
光悦寺
堀川通り
府立植物園
修学院
曼殊院
今宮神社
大徳寺
高野川
円光寺
北大路
北大路通り
詩仙堂
一乗寺
金福寺
高桐院
金閣寺
下鴨神社
白川通り
建勲神社
鞍馬口
茶山
賀茂川
地下鉄烏丸線
元田中
叡山電鉄叡山線
西大路通り
文
同志社大学
出町柳
鶴屋吉信
東大路通り
至嵐山
今出川通り
京都御所
銀閣寺
千本通り
上京区
烏丸通り
鴨川
北野白梅町
至京都

洛東
北区
左京区
上京区
中京区
下京区
東山区
南区
山科区
伏見区
下鴨神社
銀閣寺
法然院
安楽寺
霊鑑寺
大文字山
鹿ヶ谷
真如堂
金戒光明寺
盧山寺
平安神宮
永観堂
南禅寺
天授庵
金地院
西福寺
尊勝院
知恩院
長楽寺
本能寺
誠心院
御池大橋
八坂神社
円山公園
亀屋清水
祇園女御塚
建仁寺
高台寺
夕顔墓
六道珍皇寺
六波羅蜜寺
地主神社
清閑寺
清水寺
歌ノ中山
河原院跡
渉成園
護国神社
京都国立博物館
智積院
養源院
三十三間堂
東福寺
鳥辺野陵
泉涌寺
勧修寺
京都御所
大宮御所
仙洞御所
京都御苑
京都大学
吉田山
京都市動物園
京都市美術館
都ホテル
ウェスティン京都
志賀越え（山中越）
哲学の道
インクライン
東山トンネル
東海道本線
新幹線
名神高速道路
京阪電鉄京津線
京阪電鉄本線
阪急電鉄京都線
近鉄京都線
地下鉄烏丸線
地下鉄東西線
奈良線
賀茂川
高野川
鴨川
白川通り
東大路通り
河原町通り
烏丸通り
今出川通り
丸太町通り
御池通り
四条通り
五条通り
七条通り
九条通り
鞍馬口
今出川
丸太町
御池
烏丸
河原町
四条
五条
京都
きょうと
東寺
九条
十条
上鳥羽口
くいな橋
茶山
元田中
出町柳
三条
東山
蹴上
祇園四条
清水五条
七条
東福寺
鳥羽街道
御陵
山科
やましな
いなり
至梅田
至大阪
至新大阪
至奈良
至宇治
至京都南IC
N
1

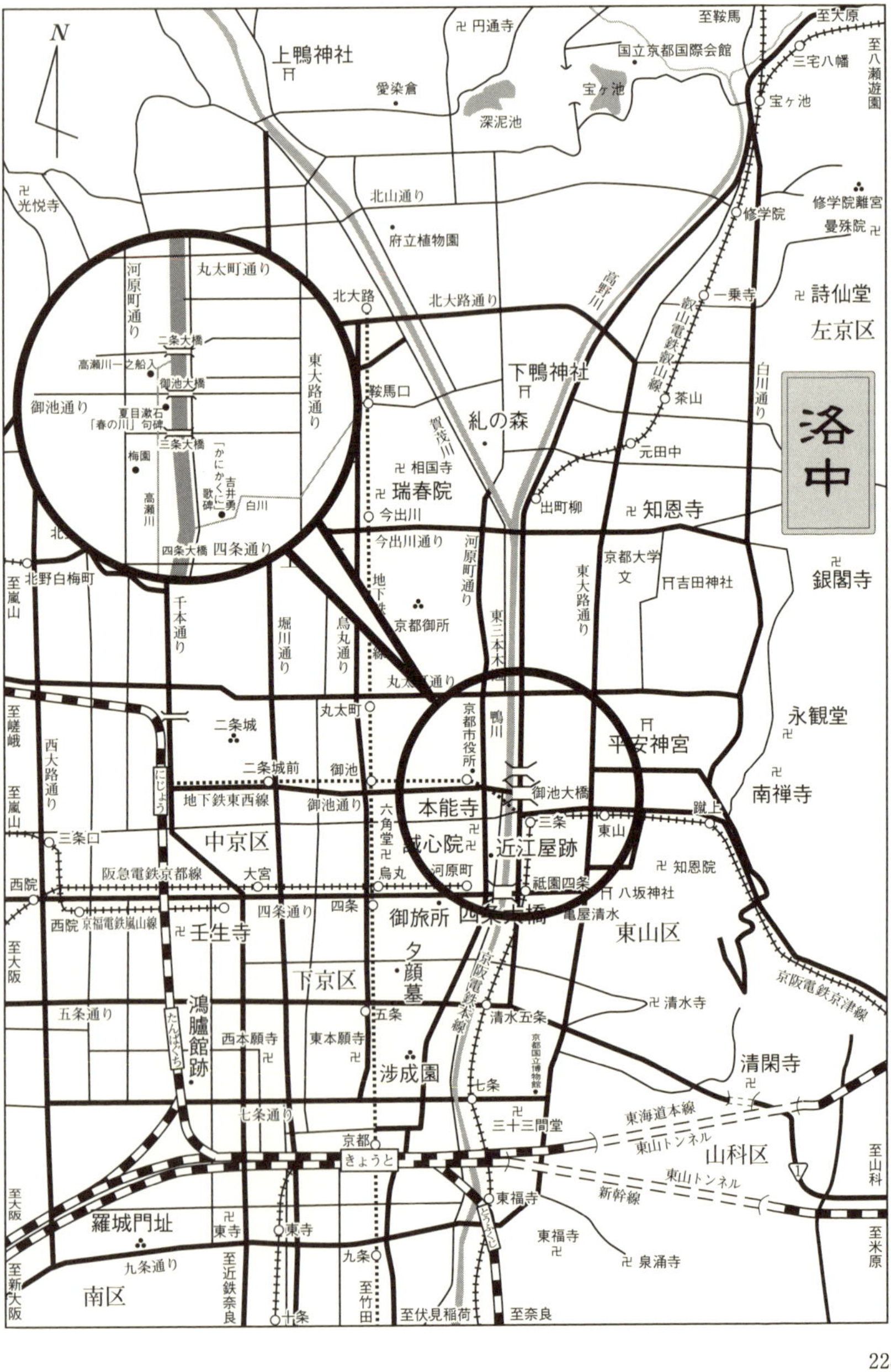
洛中
N
上鴨神社
円通寺
至鞍馬
至大原
国立京都国際会館
三宅八幡
至八瀬遊園
愛染倉
宝ヶ池
宝ヶ池
深泥池
光悦寺
北山通り
修学院
修学院離宮
曼殊院
府立植物園
高野川
一乗寺
詩仙堂
左京区
北大路
北大路通り
叡山電鉄叡山線
下鴨神社
白川通り
鞍馬口
茶山
賀茂川
糺の森
元田中
相国寺
瑞春院
出町柳
知恩寺
今出川
今出川通り
京都大学
吉田神社
銀閣寺
河原町通り
東大路通り
地下鉄線
京都御所
東三本木通
千本通り
堀川通り
烏丸通り
北野白梅町
至嵐山
丸太町通り
丸太町
二条城
京都市役所
鴨川
平安神宮
永観堂
至嵯峨
西大路通り
にじょう
二条城前
御池
御池大橋
地下鉄東西線
御池通り
本能寺
三条
蹴上
南禅寺
至嵐山
三条口
六角堂
誠心院
近江屋跡
東山
中京区
知恩院
阪急電鉄京都線
大宮
烏丸
河原町
祇園四条
八坂神社
西院
四条通り
四条
御旅所
四条大橋
亀屋清水
西院
京福電鉄嵐山線
壬生寺
東山区
至大阪
夕顔墓
下京区
京阪電鉄本線
京阪電鉄京津線
鴻臚館跡
五条通り
五条
清水五条
清水寺
たんばぐち
西本願寺
東本願寺
京都国立博物館
渉成園
清閑寺
七条
三十三間堂
七条通り
東海道本線
京都
きょうと
東山トンネル
山科区
東山トンネル
新幹線
至山科
至大阪
東福寺
とうふくじ
羅城門址
東寺
東寺
東福寺
泉涌寺
至米原
九条通り
九条
至新大阪
南区
至近鉄奈良
至竹田
十条
至伏見稲荷
至奈良
河原町通り
丸太町通り
二条大橋
高瀬川一之船入
御池大橋
東大路通り
御池通り
夏目漱石「春の川」句碑
三条大橋
梅園
「かにかくに」歌碑
吉井勇
白川
高瀬川
四条大橋
四条通り

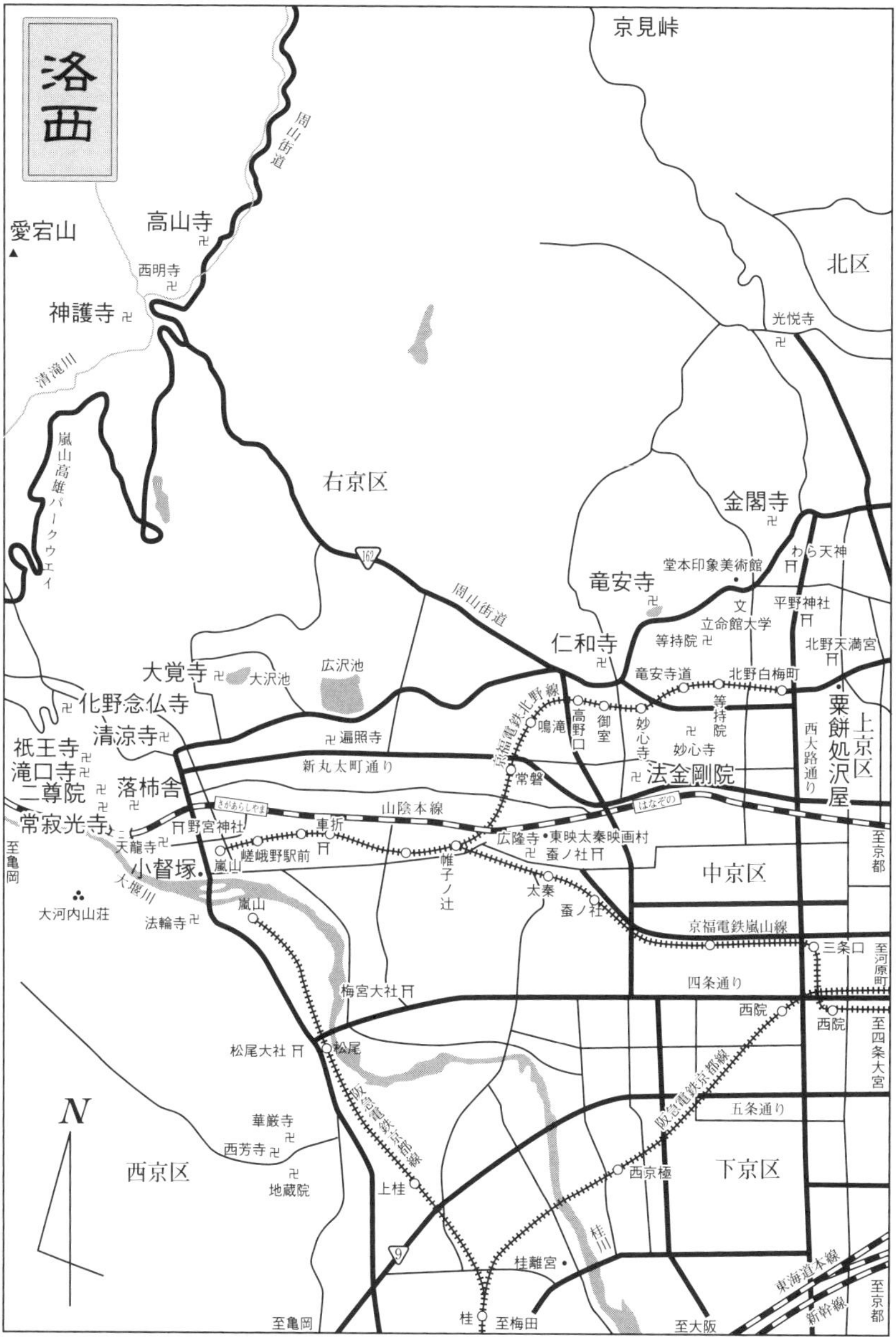
洛西
京見峠
周山街道
愛宕山
高山寺
西明寺
神護寺
清滝川
嵐山高雄パークウエイ
北区
光悦寺
右京区
金閣寺
わら天神
堂本印象美術館
竜安寺
平野神社
立命館大学
北野天満宮
等持院
仁和寺
162
大覚寺
大沢池
広沢池
化野念仏寺
清涼寺
遍照寺
祇王寺
滝口寺
二尊院
常寂光寺
落柿舎
新丸太町通り
京福電鉄北野線
鳴滝
高野口
御室
妙心寺
竜安寺道
北野白梅町
等持院
妙心寺
法金剛院
常盤
粟餅処沢屋
上京区
西大路通り
山陰本線
さがあらしやま
はなぞの
野宮神社
車折
天龍寺
嵯峨野駅前
広隆寺
東映太秦映画村
蚕ノ社
小督塚
嵐山
帷子ノ辻
太秦
至亀岡
大堰川
大河内山荘
中京区
至京都
法輪寺
嵐山
蚕ノ社
京福電鉄嵐山線
三条口
至河原町
四条通り
梅宮大社
西院
西院
至四条大宮
松尾大社
松尾
阪急電鉄京都線
阪急電鉄京都線
N
華厳寺
西芳寺
五条通り
西京区
地蔵院
上桂
西京極
下京区
桂川
9
桂離宮
東海道本線
新幹線
至京都
桂
至梅田
至亀岡
至大阪

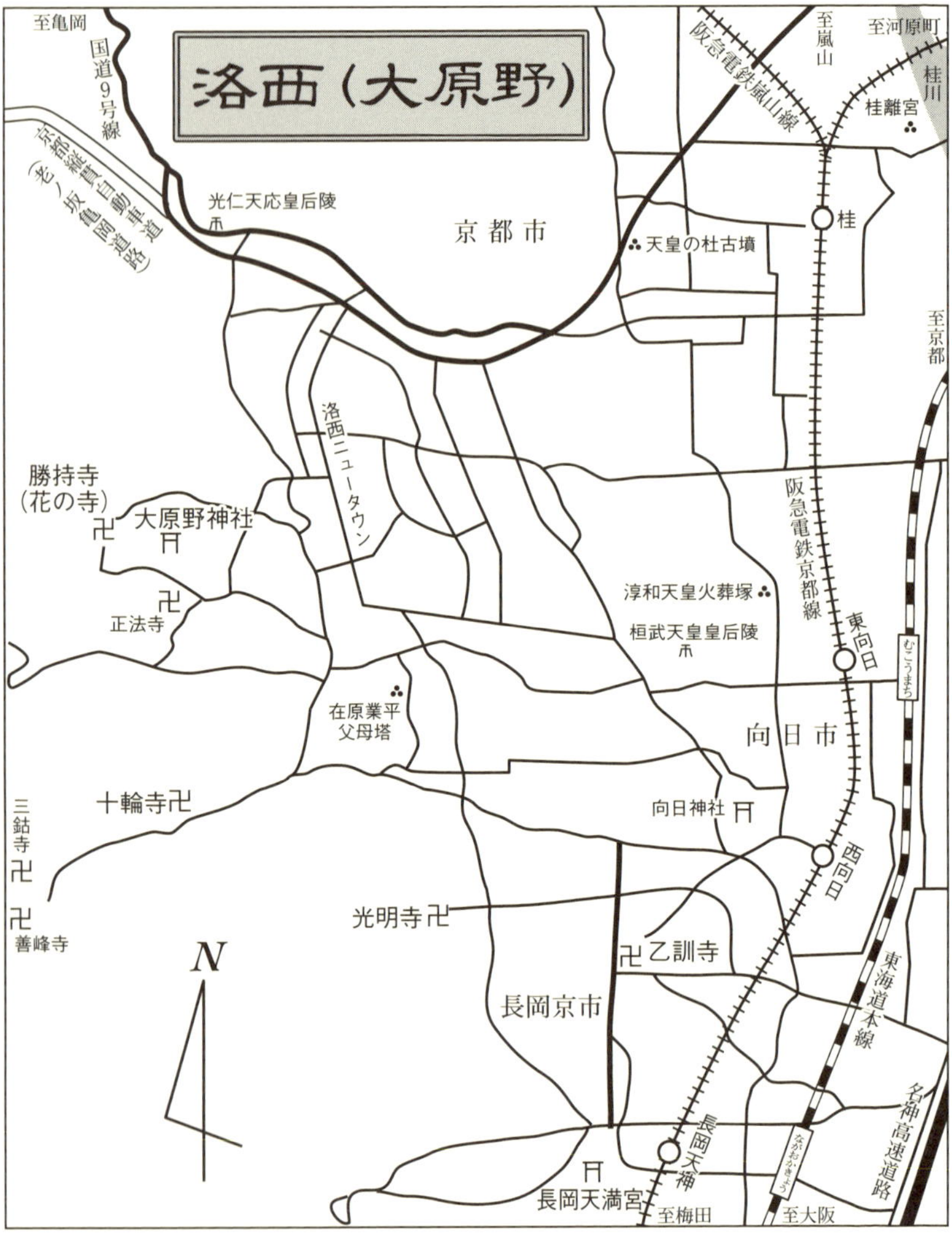
洛西（大原野）
至亀岡
国道9号線
京都縦貫自動車道（老ノ坂亀岡道路）
光仁天皇皇后陵
京都市
阪急電鉄嵐山線
至嵐山
至河原町
桂川
桂離宮
桂
天皇の杜古墳
至京都
洛西ニュータウン
勝持寺（花の寺）
大原野神社
阪急電鉄京都線
淳和天皇火葬塚
正法寺
桓武天皇皇后陵
東向日
むこうまち
在原業平父母塔
向日市
十輪寺
向日神社
三鈷寺
西向日
善峰寺
光明寺
乙訓寺
N
東海道本線
長岡京市
名神高速道路
長岡天神
ながおかきょう
長岡天満宮
至梅田
至大阪

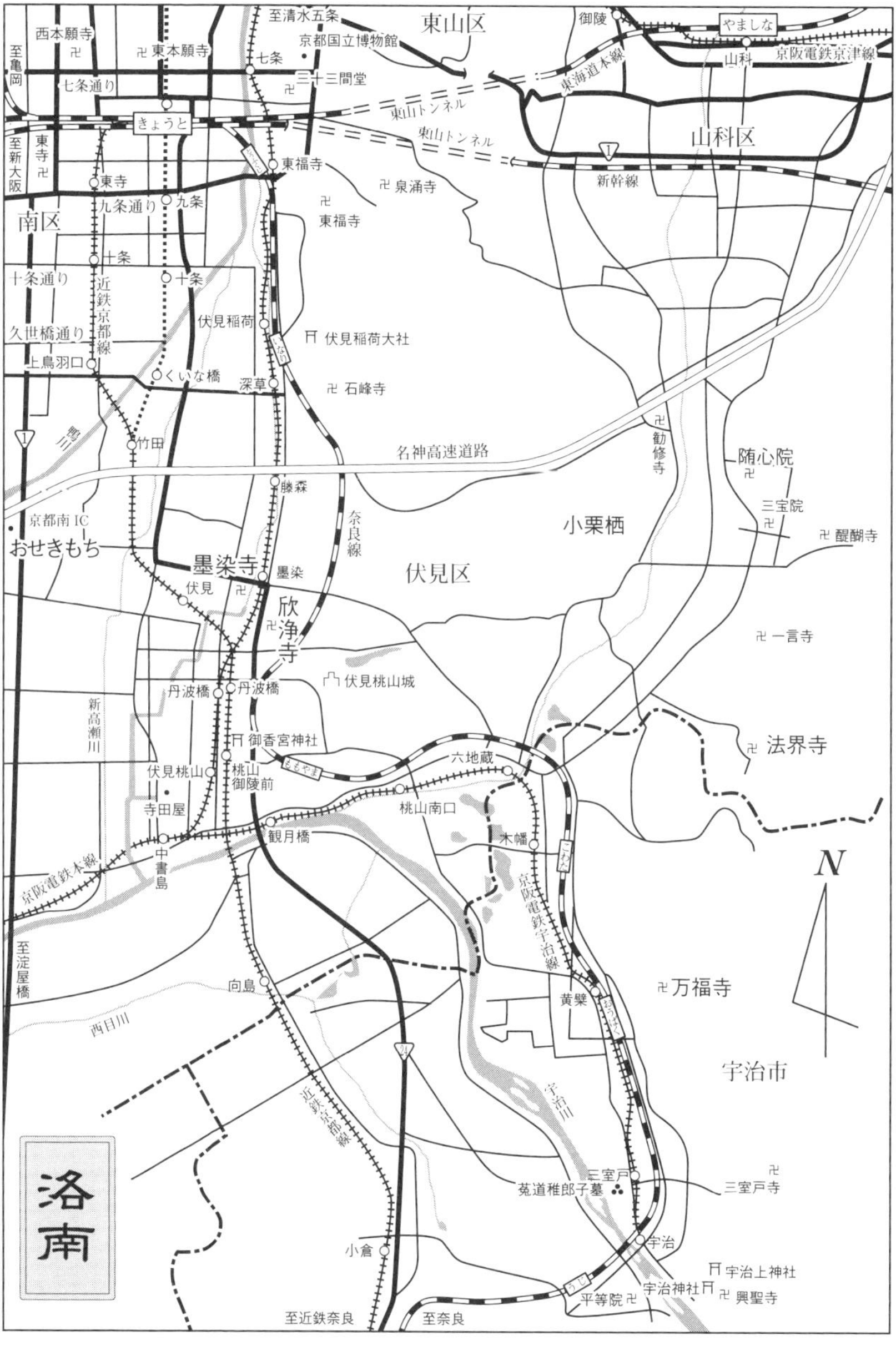
洛南
東山区
山科区
南区
伏見区
宇治市
小栗栖
至清水五条
京都国立博物館
西本願寺
東本願寺
七条
三十三間堂
七条通り
至亀岡
きょうと
東山トンネル
東山トンネル
東海道本線
御陵
やましな
山科
京阪電鉄京津線
新幹線
至新大阪
東寺
東福寺
泉涌寺
東福寺
九条通り
九条
十条
十条通り
十条
近鉄京都線
伏見稲荷
伏見稲荷大社
久世橋通り
上鳥羽口
くいな橋
深草
石峰寺
竹田
勧修寺
名神高速道路
随心院
藤森
京都南IC
奈良線
三宝院
醍醐寺
おせきもち
墨染寺
墨染
伏見
欣浄寺
一言寺
伏見桃山城
丹波橋
丹波橋
新高瀬川
御香宮神社
法界寺
伏見桃山
桃山御陵前
ももやま
六地蔵
寺田屋
桃山南口
観月橋
木幡
中書島
京阪電鉄本線
京阪電鉄宇治線
N
至淀屋橋
向島
黄檗
万福寺
西目川
宇治川
近鉄京都線
三室戸
菟道稚郎子墓
三室戸寺
宇治
小倉
宇治上神社
宇治神社
平等院
興聖寺
至近鉄奈良
至奈良

京都関連略年表

caは［L］［circa］の略。「ほぼ」「頃」の意

時代	西暦	年号	事項
飛鳥	五三八	宣化3	仏教伝来。
	六〇三	推古11	秦河勝、太秦に蜂岡寺（後に広隆寺）を建立。
	六三〇	舒明2	遣唐使派遣。（～八九四）
	六四五	大化1	大化改新。
	六四六	〃2	道登、宇治橋を架ける。
	六六七	天智6	近江大津宮に遷都。
	六七二	弘文（天武1）	壬申の乱。
	六七八	天武7	賀茂神社創祀。
	六九四	持統8	藤原京遷都。
奈良	七一〇	和銅3	平城遷都。
	七八四	延暦3	長岡京遷都。
	七八五	〃4	藤原種継暗殺される。皇太子早良親王廃せられる。
	七八八	〃7	最澄、比叡山寺（後の延暦寺）創建。
	七九四	〃13	平安京遷都。

平安（前）	八〇〇	〃19	故早良親王を崇道天皇と追号。桓武天皇、神泉苑に行幸。
	八〇五	〃24	崇道天皇を御霊神社に祀る。
	八〇六	大同1	賀茂祭（葵祭）勅祭となる。空海、真言宗を伝える。
	八三八	承和5	小野篁、隠岐に配流。
	八五〇	嘉祥3	春日明神を大原野に勧請。
	八六三	貞観5	神泉苑で早良親王はじめ六人の霊を祭る。
	八六六	〃8	応天門炎上。
	八六九	〃11	悪疫流行。卜部日良麻呂、鉾を立てて牛頭《ごず》天王を祭る。
	八七三	〃15	在原業平、惟喬親王を小野に訪ねる。
	九〇一	延喜1	菅原道真、大宰府に左遷される。
	九〇三	〃3	菅原道真、大宰府で没。
	九三八	天慶1	空也、市で庶民に布教。
	九四七	天暦1	北野天満宮創祀。
	九六三	応和3	空也、六波羅蜜寺を創建。
	九八二	天元5	慶滋保胤、『池亭記』を書く。
	一〇〇〇	長保2	定子皇后崩。鳥辺野陵に葬る。
	一〇一六	長和5	藤原道長、摂政となる。藤原氏全盛。
	一〇五二	永承7	末法第一年に入る。
	一〇五三	天喜1	関白頼通、宇治に平等院鳳凰堂を建てる。

時代	西暦	年号	事項
平安（後）	一一五六	保元1	保元の乱。
	一一五九	平治1	平治の乱。
	一一六七	仁安2	平清盛、太政大臣となる。
	一一七五	安元1	源空（法然）専修念仏を唱える。
	一一七七	治承1	鹿ヶ谷の密議露顕。（俊寛ら配流）
	一一八〇	〃4	福原遷都。
	一一八一	養和1	平清盛死す。
	一一八三	寿永2	木曽義仲入洛。平家都落ち。
	一一八五	文治1	平家滅亡。建礼門院、寂光院に入室。
	一一八六	〃2	後白河法皇、大原御幸。
	一一九一	建久2	栄西、臨済宗を始める。
鎌倉	一一九二	建久3	源頼朝、征夷大将軍となり、鎌倉に幕府を開く。
	一二〇六	建永1	明恵、栂尾高山寺を建てる。
	一二〇七	承元1	専修念仏を禁じ、法然、親鸞を流罪にする。
	一二一二	建暦2	鴨長明、日野山に閑居して『方丈記』を著す。
	一二二一	承久3	承久の乱。後鳥羽上皇配流。
	一二二四	元仁1	親鸞、浄土真宗を開く。

鎌倉	一二二七	安貞1	延暦寺衆徒、法然の大谷墳墓を破壊する。道元、曹洞宗を伝える。
	一二三四	文暦1	専修念仏禁止される。
	一二五三	建長5	日蓮、法華宗を広める。
	ca一二七四	文永11	一遍入洛し、念仏を勧める。
	ca一三三〇	元徳2	吉田兼好、『徒然草』を書き継ぐ。
南北朝	一三三四	建武1	建武中興。
	一三三六	延元1（建武3）	後醍醐天皇、吉野に還幸（南北朝対立）一月、八瀬童子、醍醐天皇の鳳輦を担ぎ、足利尊氏の難を逃れしむ。
	一三三八	延元3（暦応1）	足利尊氏、征夷大将軍に任ぜられる。
室町	一三九二	元中9（明徳3）	南北朝合一。
	一三九七	応永4	足利義満、鹿苑寺（金閣）創建。
	一四六七	応仁1	応仁の乱（〜七七）京の都焼け野原に化す。以後一〇〇年、戦国時代続く。
	一四八九	長享3	足利義政、慈照寺（銀閣）創建。
	一五四九	天文18	キリスト教伝来。
	一五六八	永禄11	織田信長、入洛。
	一五七一	元亀2	比叡山延暦寺、信長に焼かれる。
	一五七三	天正1	足利幕府滅亡。

時代	西暦	年号	事項
安土桃山	一五八二	天正 10	本能寺の変。信長死。光秀死。
	一五九〇	〃 18	豊臣秀吉、全国統一。
	一五九一	〃 19	秀吉、お土居を築く。千利休自刃。
	一五九五	文禄 4	豊臣秀次自害を命ぜられる。
	一五九八	慶長 3	秀吉、醍醐三宝院に花見を催す。八月、秀吉死。
	一六〇〇	〃 5	関が原の戦。
江戸	一六〇三	〃 8	徳川家康、江戸幕府を開く。
	一六〇六	〃 11	角倉了以、大堰川の舟運を開く。
	一六〇八	〃 13	四条河原で女歌舞伎催される。
	一六一一	〃 16	角倉了以、五条以南に高瀬川を掘る。
	一六一四	〃 19	方広寺大仏鐘銘事件。大阪冬の陣。
	一六一五	元和 1	大阪夏の陣。本阿弥光悦、鷹ヶ峰に芸術村をつくる。
	一六五四	承応 3	隠元、黄檗宗を伝える。
	一六八四	貞享 1	友禅染起こる。
	一六八六	〃 3	五山送り火始まる。
	一七〇二	元禄 15	赤穂浪士の仇討。
	一七八八	天明 8	天明の大火（ドングリ焼け）。

時代	西暦	和暦	事項
江戸	一八六三	文久3	新撰組結成される。
	一八六四	元治1	新撰組、池田屋を襲撃。蛤御門の変。
明治	一八六八	明治1	鳥羽伏見の戦い。
	一八六九	〃 2	太政官を東京に移す。(事実上の遷都) 明治天皇京都を発輦。御池小学校(日本最初の小学校)開校。
	一八七二	〃 5	都おどり、鴨おどり、はじめて催される。
	一八九〇	〃 23	琵琶湖疏水第一運河竣工。
	一八九一	〃 24	蹴上に日本最初(世界で二番目)の水力発電運転開始。
	一八九二	〃 25	漱石、子規と京都に遊ぶ。
	一八九四	〃 27	日清戦争。(〜九五)
	一八九五	〃 28	日本最初の路面電車、七条、伏見間に開通。 平安遷都一一〇〇年記念祭。第一回時代祭。
	一八九七	〃 30	京都帝国大学創立。
	一九〇〇	〃 33	与謝野鉄幹、鳳晶子、山川登美子、永観堂に観楓のあと、 辻野旅館に泊す。
	一九〇四	〃 37	日露戦争。(〜〇五)
	一九〇七	〃 40	漱石、京都に遊ぶ。

時代	西暦	年号	事項
大正	一九一二	大正1	第二疏水完成、蹴上浄水場給水開始。
	一九一五	〃4	漱石、京都に遊ぶ。
昭和	一九三一	昭和6	満州事変。
	一九三二	〃7	京都市人口一〇〇万人を越える。
	一九四一	〃16	太平洋戦争。(～四五)
	一九五〇	〃25	朝鮮動乱勃発。寺僧の放火により金閣寺焼失。
	一九五五	〃30	金閣寺再建。
	一九六一	〃36	市電北野線廃止。
	一九六四	〃39	新幹線開業。
	一九七三	〃48	オイルショック。(第一次)
	一九七八	〃53	市電全廃。

■引用文献一覧

『万葉集』
『古今和歌集』
『伊勢物語』
『後撰和歌集』
『枕草子』清少納言
『拾遺和歌集』
『源氏物語』紫式部
『和漢朗詠集』
『栄花物語』
『和泉式部集』
『後拾遺和歌集』
『千載和歌集』
『山家集』西行
『新古今和歌集』
『方丈記』鴨長明
『平家物語』
『新勅撰和歌集』
『十訓抄』
『徒然草』吉田兼好
『閑吟集』
謡曲『熊野』
謡曲『通小町』
謡曲『西行桜』
『茶話指月集』藤村庸軒聞書
『好色一代女』井原西鶴
『明智軍記』
『風俗文選』
『菅原伝授手習鑑』竹田出雲ほか
『嵯峨日記』松尾芭蕉
『楼門五三桐』並木五瓶
『都名所図会』秋里籬島
『洛東芭蕉庵再興記』与謝蕪村
『羇旅漫録』滝沢馬琴
『鳴神』初代市川団十郎
『本能寺』頼　山陽
『滝口入道』高山樗牛
『みだれ髪』与謝野晶子
『祇園小唄』長田幹彦
『祇園物語』泉　鏡花
『祇園歌集』吉井　勇
『高瀬舟』森　鷗外
『虞美人草』『京に着ける夕』夏目漱石
『羅生門』芥川龍之介
『槐多の歌へる』『京都人の夜景色』村山槐多
『暗夜行路』志賀直哉
『夜明け前』島崎藤村
『明治一代女』藤田まさと
『磯田多佳女のこと』『細雪』谷崎潤一郎
『断腸亭日乗』永井荷風
『偶感』ヴェルレーヌ（永井荷風訳）
『帰郷』大仏次郎
『遠野物語』柳田国男
『島木健作追悼』
『金閣焼亡』小林秀雄
『夜の河』沢野久雄
『金閣寺』三島由紀夫
『北国』井上　靖
『寄席紳士録』安藤鶴男
『古都』川端康成
『竜馬がゆく』司馬遼太郎
『春泥尼抄』今　東光
『宇野浩二伝拾遺』水上　勉
『初恋』秦　恒平
『京都　火と水と』大村しげ
『夢の記』山中智恵子
CDアルバム『夢供養』（春告鳥）さだまさし
『おんなのことば』茨木のり子
『華やぐ約束』青木はるみ
『わがちちにあはざらめやも』大島一郎
『ディートリッヒ―酒と女と男と―』連城三紀彦
『饗宴』プラトン

※他、先達の関連文献を参考にさせていただきました。

■著者プロフィール

大島一郎（おおしま いちろう）

1918年（大正7年）、東京本郷に生まれる。
京都大学文学部卒業。元愛知淑徳大学教授。
編・著書に、
『古京花筐〈京都〉』『古京花筐〈大和〉』
『風花舞ふ —私の中の浪漫—』
『資料 日本近現代文学選』
『私の文学論 —旅と死の発想による—』
『わがちちにあはざらめやも（旅の試論・短歌・放送劇）』
春日井市中央台6−5−25に住む

社団法人日本音楽著作権協会（出）許諾第1000089-001号

上質《じょうしつ》の京都《きょうと》案内《あんない》
——文学《ぶんがく》の花《はな》びらを拾《ひろ》う旅《たび》——

二〇一〇年三月二十五日 初版第一刷発行

著者 大島一郎

発行者 井戸清一

発行所 図書出版 浪速社
大阪市中央区内平野町二—二—七
電話（〇六）六九四二—五〇三二（代）
FAX（〇六）六九四三—一三四六

印刷・製本 モリモト印刷（株）

落丁、乱丁その他不良品がございましたら、お手数ではございますが
お買い求めの書店もしくは小社へお申しつけください。お取り替えさせて頂きます。

Printed in Japan ISBN978-4-88854-444-3